La Couguar se rebiffe

MICHEL BRICE

BRIGADE MONDAINE

LA COUGUAR SE REBIFFE

VAUVENARGUES

Les dossiers Brigade Mondaine de cette collection sont fondés sur des éléments absolument authentiques. Toutefois, pour les révéler au public, nous avons dû modifier les notions de temps et de lieu ainsi que les noms des personnages.

Par conséquent, toute ressemblance avec des personnes existantes ou ayant existé serait totalement involontaire et ne relèverait que du hasard...

ISBN : 978-2-7443-1778-1

BRIGADE MONDAINE : Je souhaite recevoir :
– les volumes cochés ci-dessous au prix de 6,20 € l'unité, soit :
N°.. livres à 6,20 € , = €
\+ frais de port = €
(1 vol. : 1,70 €, 2 à 3 vol. : 3,50 €, 4 vol et plus : 5 €)
TOTAL (ajouter à TOTAL abonnements) = €

13	LA CROISIÈRE INTERDITE	213	LA NUIT DU TOP MODEL
14	LE HAREM DE MARRAKECH	214	LA MADONE DES CHANTIERS
15	LA MAISON DES MAUDITES	215	LES SERVANTES D'APHRODITE
16	LA PERMISSION DE MINUIT	217	LA DOUBLE VIE DU PATRON
17	LES CAPRICES DE VANESSA	218	LA FORTERESSE DES VOLUPTÉS
18	LA VIPÈRE DES CARAÏBES	219	L'ALCHIMISTE DU DÉSIR
19	LE VOYOU DE MONTPARNASSE	220	LES TROPHÉES DU GUERRIER
20	LES FILLES DE MONSEIGNEUR	221	LES VEUVES NOIRES DU GOLF
21	LA NUIT ARABE DE MONACO	222	LE SWING DE LA COMTESSE NOIRE
22	LA FERMIÈRE DU VICOMTE	224	LES COULISSES DU POUVOIR
23	LA PUNITION DE L'AMBASSADEUR	225	LA MUSE DU PEINTRE FOU
24	LA SECTE DES AMAZONES	227	LA FÉE DES SANS-LOGIS
25	LES SIRÈNES DE L'AUTOROUTE	229	LE PURGATOIRE DES ANGES DÉCHUS
26	LE BOUDDHA VIVANT	230	LES GLADIATEURS DE MESSALINE
27	LA PLANCHETTE BULGARE	232	L'AUTOROUTE DU CYBERSEXE
28	LE PRISONNIER DE BEAUBOURG	234	LE FANTASME DU VIOLONCELLE
29	LES ESCLAVES DE LA NUIT	235	HÔTESSE SPÉCIALE POUR JET PRIVÉ
30	LES POUPÉES CHINOISES	238	LA VIERGE GOTHIQUE
31	LES SACRIFIÉS DU SOLEIL	240	LES PENSIONNAIRES DU PARADIS
32	L'EXÉCUTRICE	241	L'ÉQUIPÉE SAUVAGE
33	LA PRÊTRESSE DU PHARAON	242	FILLES PERDUES EN ALASKA
35	LES FANATIQUES DE LA VIDÉO	243	LA PRINCESSE DU NÉANDERTHAL
37	SOSIES SUR MESURE	244	LE JEU DU CÉLIBATAIRE
38	LA MARQUE DU TAUREAU	245	LA SPÉCIALITÉ DU CHEF
42	LA DISPARUE DE SUNSET BOULEVARD	246	LES VOYEURS DU WEB
43	LE PARFUM DE LA DAME EN GRIS	248	LA REINE DES DOMINATRICES
45	LA DANSE DES COUTEAUX	249	LA CLINIQUE DU PRINCE CHARMANT
46	LES AMANTS DE SINGAPOUR	250	LA PREMIÈRE DE LA CLASSE
47	LA VEUVE DU LAC	253	JUMEAUX ET JUMELLES
48	LES FANTASMES DU NOTABLE	255	DRESSÉES ET REBELLES
49	LA BÊTE DU LUBERON	256	LE DÉSHONNEUR DU JUGE
50	CARNAVAL A VENISE	258	LE FANTASME DU BALLON OVALE
51	LES NUITS BLANCHES DE LA TOUR EIFFEL	259	LES JEUX DU DIVIN MARQUIS
52	LOVE-TELEPHONE	260	LA STAR DU X
53	GOLF-PARTY	262	LES FLAMMES DE L'AMOUR
54	L'ENFER DU COLLECTIONNEUR	263	LA ROSIÈRE DE BAGATELLE
55	LES SOMNAMBULES DU DOCTEUR MARLY	265	LA VENGEANCE DE L'INFIRME
56	LES ENVOÛTEES DU MARABOUT	267	POLONAISE SUR CHARBONS ARDENTS
212	L'ENLÈVEMENT DES SABINES	268	LA GAZELLE AU PIÈGE

Chapitre premier

Il y avait là, autour de la table ovale de ce salon privé, à l'étage de ce restaurant chic fréquenté par les hommes politiques, quelques représentants du PRU, autrement dit le Parti de la République Unifiée, puissant parti de gauche qui prétendait convaincre bon nombre d'hésitants du centre et quelques gens de droite juste aux marges, de voter pour son candidat aux présidentielles. La crise, qui prenait des airs avant-coureurs de 29, leur paraissait favorable à leurs ambitions.

Daniel Bouquet, petit, costaud, yeux acérés, démarche chaloupée, représentait le meilleur espoir du PRU aux présidentielles. On l'entourait, on le courtisait, on le disait respecté même par ses adversaires politiques. Des adversaires, il y en avait qui étaient présents dans ce salon, tant il est vrai qu'un bon nombre de politiques font semblant de se disputer ou de s'insulter pour la galerie, c'est-à-dire pour la presse et pour l'opinion, tout en étant copains comme cochons dans le privé.

« Copains comme cochons », l'expression n'était sans doute pas inadéquate puisque de place en place autour de la table se tenaient quelques escort-girls commandées pour la circonstance par Fonbeurre, l'un des organisateurs de la réunion, qui se tenait, on ne l'a peut-être pas encore précisé, à Strasbourg.

Drôle de personnage que ce Fonbeurre. Industriel, il avait une casquette dans plusieurs conseils d'administration, on le tenait pour un bon lobbyiste car il n'avait pas son pareil pour s'entremettre entre les hommes ou les entreprises et conduire à leur bon terme toutes sortes de contrats. Un intermédiaire très demandé, qui savait aussi bien dénicher cinq millions d'euros qu'une table remarquable et peu connue ou que la call-girl la plus sophistiquée du moment.

Les femmes autour de la table auraient fait la pige à n'importe quelle marquise ou comtesse de la haute société. Elles avaient toutes de la classe, de l'élégance et de la conversation à revendre. Bref elles tenaient toutes brillamment le rang auquel elles étaient censées appartenir.

Évidemment, il y avait certaines limites. Il aurait peut-être été difficile de trouver une marquise (quoique...) qui se serait laissée habilement glisser de sa chaise sous la table pour, à genoux, dégrafer la braguette de Daniel Bouquet, sortir son engin, le prendre en bouche et le sucer avec application pour le transformer en matraque, tandis que l'homme politique finissait imperturbablement son dessert. Dessert au-dessus, dessert en dessous de la table. Ce qui prouve bien, comme le dit la tradition gnostique, que « ce qui est en haut est comme ce qui est en bas ».

De fait, la splendide Eva Lutin sentait frémir sur ses lèvres l'instrument dont elle jouait avec suffisamment de maestria pour obtenir ce qu'elle désirait quand elle le désirait, à savoir quelques saccades jaillissantes d'un lait dont les hommes sont persuadés qu'il vaut largement le nectar des Dieux. C'est cette suffisance innée de la gent masculine qui permettait aux femmes d'asseoir leur règne secret.

Eva Lutin absorba la dernière goutte de la bolée qu'on lui avait consentie, léchant consciencieusement le membre et son gland car elle savait combien l'espèce d'homme qu'elle traitait était à cheval sur la propreté… apparente de leur tenue. Une seule tache de sperme sur le pantalon du jouisseur et les insultes, sinon les coups, pouvaient pleuvoir.

Après quoi, elle remit le sexe à sa place, referma la braguette et réapparut à sa place, après avoir fait un clin d'œil à trois de ses collègues qui s'activaient elles aussi, l'une à genoux, l'autre carrément assise par terre. Muriel avait également fini sa petite prestation tandis qu'Odile s'escrimait sur un membre flasque qui rechignait apparemment à prendre suffisamment de hauteur, exactement comme les discours à la Chambre de celui auquel appartenait le triste appendice. La troisième enfin, Fanny, tentait l'exploit impossible : le dos collé au-dessous de la table, les jambes écartées, en appui sur le sol avec paumes et genoux, elle tentait de s'enfiler sur la verge raide d'un convive qui s'était légèrement affalé sur sa chaise tout en finissant lui aussi son dessert. Elle tentait de s'enfiler non pas par la chatte mais par le cul, logiquement plus haut placé et donc plus accessible. Elle n'eut pas le temps d'y parvenir car le convive – confions dans le plus grand secret qu'il s'agissait de Jean Partout, porte-parole de Daniel Bouquet – sans doute excité plus que de raison par la situation, lâcha le paquet tout d'un coup, arrosant à la fois les fesses rondes de Fanny et les jambes de son pantalon. Les convives, au-dessus de la table virent soudain la main droite de Jean Partout lâcher bruyamment la cuillère à dessert et disparaître sous la table. S'ils avaient eu la curiosité de se pencher pour une explication, ils auraient vu la main de Jean sous la table se saisir de son sexe et tenter d'arrêter l'épanchement de son plaisir. Hélas, le jet forcené de sperme passait entre les doigts mal serrés. On vit Jean Partout ramener sur le dessus de la table une main dans un état tel qu'on jugea poli de croire que, par gourmandise, il l'avait plongée dans le pot de crème fraîche placé devant lui pour agrémenter ses fraises.

Le repas se termina sans autre incident notable si ce n'est que, s'approchant de Fonbeurre, Daniel Bouquet lui murmura :

– Dis-moi, tu peux m'envoyer Eva pour la nuit ?

– C'était prévu, Daniel. Je savais qu'elle te plairait. Tu sais, dans le milieu de ces filles, où les personnalités, quoi qu'on dise, ne sont pas si fréquentes, on l'appelle la « couguar ».

– Et pour…

– Mais qu'est-ce que tu crois ! On fait bien les choses. L'aspect financier, je le traite directement avec Le Velu.

– Merci, vieux. Le bon Dieu te le rendra.

Fonbeurre s'esclaffa.

– Tu ne confondrais pas avec le Diable par hasard ?

– Bah, fit Daniel Bouquet sans vergogne, n'est-ce pas la même chose ? Ne sommes-nous pas au-delà du bien et du mal ?

– C'est du Nietzsche mal digéré que tu nous sors là !

– Et des lettres avec ça !

Le Velu dont il vient d'être question n'était pas présent à ce repas, mais il était derrière une grande partie des affaires de fesses qui se traitaient en Alsace et dans le sud de l'Allemagne. Maquereau de haut vol, il puisait largement dans les bassins – si l'on peut dire – de Scandinavie et de l'Est pour trouver, louer et parfois former les filles dont il avait besoin pour ses affaires. Son siège social et ses filiales étaient situés uniquement dans les pays qui autorisaient les maisons closes, à savoir principalement l'Allemagne et l'Espagne en Europe. Pour le reste il faisait voyager ses filles librement dans l'espace Schengen ou leur fournissait des visas touristiques de courte durée pour les envoyer dans le monde entier.

Daniel Bouquet se rendit à pied à son hôtel, le Sofitel Grande Ile, idéalement placé entre la gare, la cathédrale et le vieux quartier de charme de la Petite France. Il avait demandé à la petite de le rejoindre une heure plus tard, le temps pour lui de se mettre à l'aise.

Parvenu dans sa suite, il se déshabilla, prit une douche, se sécha, passa une robe de chambre et s'installa dans le fauteuil du salon, non sans avoir ouvert le bar pour en vérifier le contenu. Il s'était servi un whisky, se promettant de faire appel au service d'étage pour le champagne lorsqu'Eva Lutin serait là.

Une chape de plomb s'abattit soudain sur lui. La vie d'un homme politique était faite d'un tel ensemble de tensions contradictoires, de discussions, de négociations, de compromissions, de secrets, de turpitudes à cacher, de façade publique à consolider… À force de devoir dire blanc quand c'était noir, de sourire quand on avait envie de pleurer, d'être déférent quand on avait envie de casser une gueule, on craquait parfois. Il avala son whisky d'un coup, faillit s'en resservir un second avant de renoncer. Avec le champagne qui allait suivre, ce n'était vraiment pas raisonnable. Était-il victime du blues du politique qui soudain éprouve l'envie d'insulter ses électeurs et de se réfugier derrière la queue des vaches ? Ah, pouvoir dire merde aux gens au lieu de leur serrer la main tout sourires les samedis matin jour du marché sur la place de la ville dont on est député maire ! Le rêve ! Mais il ne fallait pas y songer : il avait des rêves politiques. Et sa femme n'était pas la dernière à le pousser dans ses projets, trouvant toujours qu'il manquait d'ambition. Si lui rêvait de fumier écologique, elle, se voyait déjà première dame de France, nullement effrayée à l'idée de devoir inaugurer des crèches ou d'être soumise au protocole des pays arabes où son futur président de mari se rendrait. Elle était prête à porter le niqab ou être dans l'ombre du grand homme s'il le fallait. Des couleuvres, elle en avait tellement avalé après avoir découvert qu'il ne pensait qu'à ça.

Daniel Bouquet soupira en évoquant sa vie. Oui, il ne savait pas si c'était une maladie ou un excès de vie, mais il avait une déplorable tendance à sauter sur tout jupon pour peu qu'un léger courant d'air le soulevât ne serait-ce qu'un instant, dévoilant une cuisse. On lui présentait une femme, la première idée qui lui venait à l'esprit était : « est-elle baisable ? » et la première image était un geste qu'il avait envie de faire. Par exemple, la bousculer sur un lit ou mieux encore la coucher sur son bureau et la prendre sans un mot, dans le désordre de sa robe retroussée et de sa petite culotte arrachée ou tailladée au coupe-papier.

Le téléphone sonna. C'était l'accueil qui le prévenait de l'arrivée d'une visiteuse. Eva Lutin était ponctuelle.

– Dites-lui de monter et faites suivre du champagne et du saumon.

Il raccrocha et s'approcha du miroir, s'examinant d'un œil critique. Il était encore bel homme. Certes légèrement empâté, mais cela pouvait encore être attribué à sa morphologie costaude plutôt qu'à des excès alimentaires. Le regard était vif et ma foi, le reste… fonctionnait à merveille. La simple idée d'Eva Lutin arpentant le couloir pour venir frapper à sa porte le faisait bander. Elle entrerait, il se jetterait sur elle… Mais ça ne se passa pas exactement comme cela. Quand elle apparut, et qu'il commença de la malmener, elle posa ses deux mains sur sa poitrine et lui jeta un regard de glace.

– Du calme ! Ce n'est pas comme cela qu'on reçoit une dame.

Une dame ? Une réponse cinglante lui vint à l'esprit mais quelque chose le retint de la prononcer. Sans doute ce qu'on appelle de la « personnalité ». Eva Lutin n'en manquait pas. Cambrée sans excès sur ses talons, poitrine opulente sans être agressive, une peau laiteuse de rousse à peine parsemée de taches de son, une chevelure généreuse, une véritable crinière flamboyante qui lui faisait un halo solaire, et pour l'heure un regard ironique et intelligent posé sur lui… Il la lâcha et recula, l'invitant à entrer dans sa suite.

Elle hocha la tête, jeta son sac sur la moquette, envoya valser ses chaussures à talons et s'assit sur le lit, éprouvant le ressort du matelas, avant de se relever et d'arpenter la chambre. Daniel Bouquet se fit la réflexion qu'elle était aussi excitante sans ses chaussures qu'avec. Combien de femmes, se déchaussant, perdent non seulement une bonne partie de leur taille et de leur maintien mais aussi de leur séduction. Ce n'était pas le cas d'Eva qui, même pieds nus, semblait une reine. On frappa quelques coups légers à la porte.

– C'est le service d'étage. Je nous ai commandé du champagne et du saumon.

La femme d'étage entra, poussant un petit chariot devant elle. Lorsqu'elle passa devant lui, il ne se rendit même pas compte qu'il l'examinait comme un maquignon, jaugeant la courbure de ses fesses et l'endroit où la cuisse gainée d'un collant disparaissait sous la petite jupe noire.

Lorsqu'ils furent seuls, Eva s'approcha de lui.

– Vous ne pouvez pas vous en empêcher, n'est-ce pas ? Ma foi, je ne le prends pas mal, ce n'est pas pour me déplaire.

– Mais de quoi parlez-vous ?

L'œil d'Eva pétilla.

– Oh c'est à ce point ! Ce n'est plus une seconde mais une première nature !

Elle posa doucement sa main sur l'entrejambe du pantalon et sourit en hochant la tête.

– J'espère que ce n'est pas seulement une promesse. Allez savoir, avec les hommes politiques !

Daniel Bouquet eut un sourire. Il était un peu désarçonné par l'audace tranquille de la fille tout en la goûtant. Les hommes politiques ont trop l'habitude de commander et d'être péremptoires pour ne pas apprécier qu'on les remette à leur place de temps à autre. On serait surpris de ce que l'on peut obtenir de n'importe lequel d'entre eux en les attaquant frontalement plutôt qu'en adoptant la stratégie du sirop et de la pommade.

– Approchez-vous Eva et goûtons à ce que l'on vient de nous apporter.

Le champagne fut débouché et lorsqu'il pétilla dans les verres, ils portèrent un toast.

– À quoi voulez-vous que l'on boive, monsieur Bouquet ?

– Daniel ! Eh bien mais à cette soirée avec vous !

– Elle se passera bien. Buvons plutôt à votre avenir politique !

– Pourquoi croyez-vous qu'il faille boire à cet avenir ?

– Il en a besoin. Je vois pas mal d'embûches sur votre route.

– Allons bon ! Voilà que vous jouez les devineresses. Ou les prophétesses de malheur. Mais on me fait difficilement peur, vous savez.

– Oh, il ne s'agit pas de ça. Mais de votre réputation. Une réputation, pardonnez-moi, qui est plus connue chez les filles de mon genre que dans le grand public. Mais que vos ennemis politiques connaissent aussi. Prenez cela comme une intuition de femme. Et méfiez-vous !

Daniel Bouquet eut un sourire non dépourvu de suffisance.

– Mais de qui ?

– De vous-même… Daniel ! De ça !

Elle venait de descendre la fermeture Eclair de la braguette et de sortir le sexe de l'homme politique, qu'elle flattait entre ses doigts. Daniel Bouquet eut une érection énorme, immédiate, grandiose. Ce n'était bien sûr pas le geste lui-même qui l'avait provoquée, sinon comme le prolongement d'une situation excitante faite de dépendance, de peur, de soumission brusque… Il gémit :

– Oh non !

Il sentait le foutre monter le long de sa colonne de chair, et il était trop tard pour le retenir, pour se raconter que sa mère venait de mourir, que le chat avait été transformé en carpette sous les roues d'un poids-lourd ou que le jeune fils des voisins allait commencer l'apprentissage du violon. Trop tard. Le foutre montait et les prémisses du plaisir étaient à peine soutenables. Eva Lutin avait cessé de faire virevolter ses doigts et tenait simplement dans sa paume la verge tressautante.

– Oh non, continuez maintenant !

Les doigts reprirent immédiatement leur activité.

Eva s'agenouilla entre les jambes crispées jusqu'aux orteils du député et contemplait alternativement le sexe et le visage de Daniel Bouquet avec un air étrange sur sa figure, une sorte de lumière, d'extase, comme un hommage à la puissance virile. Et l'œil agrandi de l'homme ne la lâchait plus.

– Oh non ! fit-il une troisième fois. Mais cette fois, c'était un « non » de stupéfaction, de reconnaissance libératoire devant un plaisir si violent qu'il en était peut-être inconnu. À quelques centimètres du gland, le visage d'Eva se fit attentif, scrupuleux, comme en attente, la bouche aux lèvres rouges et pulpeuses s'ouvrit, et les jets épais et crémeux commencèrent leur voyage. Trop puissants pour se courber, ils allaient droit dans l'accueillant palais d'Eva, frappaient sa langue, éclaboussaient l'intérieur des joues. Elle ne l'enfourna qu'à la fin de l'émission, et Daniel Bouquet eut soudain l'impression qu'on lui plongeait son instrument à vif dans un bain de douceur, une pommade qui était la sienne propre. Il restait là, pantelant, tandis que la langue d'Eva s'appliquait si habilement qu'on eût dit qu'elle voulait restituer à l'engin tout ce qu'il avait craché en faisant pénétrer le foutre dans la peau encore tendue comme une masseuse une crème hydratante.

Après quoi elle le lâcha, arrangea rapidement le sexe dans son logement de tissu – ah les hommes étaient parfois si embarrassés de leur appendice et si sensibles au ridicule – avant de suggérer :

– Eh bien si nous touchions à ce saumon mariné ? Nous devons reprendre des forces !

Daniel Bouquet sourit à ce « nous ». Au fond, il était tout ragaillardi, ne doutant pas de pouvoir rapidement retrouver toutes ses capacités avec une pareille femme. On dit que l'animal est triste après le coït. Ce n'était pas du tout le cas de Daniel Bouquet, qui n'avait jamais compris le sens de cette expression. Lui, après avoir baisé, aurait bouffé le monde entier, bu la mer et ses requins.

Ils mangèrent tout le saumon, burent le champagne jusqu'à la dernière goutte, puis ce fut Eva qui l'entraîna vers le lit. Étrangement, il avait abandonné toute velléité de prendre les commandes. Elle le déshabilla, le coucha sur le dos, le suça longuement puis, lorsqu'elle vit le membre raide pointer vers le plafond, elle vint s'écarter au-dessus de lui et s'empaler avant de monter et descendre en mêlant mouvements verticaux et mouvements latéraux. Lui s'était redressé pour passer les mains dans son dos et lui dégrafer le soutien-gorge qu'elle avait gardé. Il y réussit, fit glisser les brides sur les épaules. Elle l'aida sans cesser de bouger puis lui conseilla de se retourner, de se mettre sur elle sans la quitter. La manœuvre réussit. Une fois sur le dos, Eva parut s'ouvrir plus encore à ses assauts lorsqu'elle écarta ses jambes pour les refermer dans ses reins. Daniel Bouquet frissonna en sentant sur ses hanches le cuir des chaussures qu'elle avait remises sans qu'il y eût pris garde. Puis elle dénoua ses jambes et le regarda fixement. Il poussa un cri de douleur. Il la montait mais c'était elle qui le talonnait. Il sentait ses talons aiguilles s'enfoncer dans ses flancs. À nouveau le plaisir monta, à la vitesse d'un cheval au galop. Elle grondait :

– Donne ! Donne tout ce que tu as, homme fort. Que je sente ton foutre me remplir !

Il jouissait. Comme jamais il n'avait joui. Et regardait ses yeux brûlants fixés sur lui, sa bouche ouverte sur un cri qui ne sortait pas. Ses spasmes lui soulevaient les reins. Il se vida en elle, complètement, comme… c'était étrange… comme avec confiance.

Puis il se renversa sur le dos le long de son flanc, haletant, heureux. Une rareté ce sentiment, chez lui. Il la sentit se soulever sur un coude, elle l'observait et posa une main sur sa poitrine.

– J'aime bien ce que tu fais.

– C'est gentil…

– Mais non idiot ! Ah ces hommes toujours préoccupés de leurs performances. Non, j'aime bien ce que tu fais en politique. Nous devrions parler, toi et moi.

– Parler ? Mais de quoi ?

Elle promenait son doigt sur sa poitrine avec une légèreté incroyable, et ce doigt errait sur la peau du député, des épaules et des bras jusqu'au sexe qu'elle empaumait alors comme par jeu, sans but d'aboutissement.

– Écoute ! fit-elle.

Chapitre II

Le commandant Boris Corentin avait un accès de mélancolie. Assis à son bureau de la BRP, Brigade de Répression du Proxénétisme, anciennement Brigade Mondaine, il regardait sa collègue Géraldine Hébert avec affection, et son vague à l'âme, qui n'avait pourtant pas été provoqué par la jeune rousse, prit un tour plus précis, un contenu. Bon sang, pourquoi avait-il fallu que cette ravissante personne fût attirée exclusivement par l'autre sexe ! Elle ne s'en était jamais cachée, préférant employer pour son cas le terme de féminophile car elle trouvait les autres qualificatifs vulgaires et non pertinents. Elle était en ménage avec une ravissante grande blonde danoise, Liselotte Faarup. Boris se souvenait de son arrivée dans l'équipe. Il l'avait immédiatement adoptée, non sans arrière-pensée il en convenait. Ce n'avait pas été le cas du capitaine Aimé Brichot, qui avait vu dans cette recrue pétillante de vie et de charme une menace pour le duo qu'il formait avec son commandant depuis tant d'années. Tant d'années d'enquêtes en commun, de dangers, d'épreuves surmontées, de succès partagés et d'échecs assumés… Autant d'expériences partagées avaient soudé les deux hommes dans une solide amitié qui en était arrivée à ne plus avoir besoin de s'exprimer. Ils se devinaient à demi-mot.

Et voilà qu'une mijaurée venait mettre son grain de sel dans ce qu'il fallait bien appeler, entre Corentin et Brichot, une idylle professionnelle. Il avait fallu du temps au capitaine pour reconnaître, d'abord du bout des lèvres, les qualités professionnelles et humaines de Géraldine. Maintenant, il l'appréciait autant que son chef mais il était resté une trace de ces débuts difficiles : ils se vouvoyaient toujours, et Brichot continuait, mais sur le mode humoristique, à trouver parfaitement déplorable le langage parfois très cru que la jeune femme adoptait, en prenant un malin plaisir à l'accentuer dès qu'Aimé était dans les parages. Quant à lui, il était fidèle à son admiration pour l'élégance et le *self-control* anglais, s'habillait de tweed, parlait de sa femme Jeannette, de ses filles jumelles et de son petit Charles avec le ton que pourrait employer un lord parlant de sa famille… Brichot cultivait l'understatement.

Corentin contemplait donc Géraldine frapper son clavier d'ordinateur à la cadence d'une mitraillette.

– Mais qu'est-ce que tu fais, Petit Bonhomme ?

– Je tape un rapport, répondit Géraldine sans lever

les yeux de l'écran.

– Un rapport ? Tu m'en diras tant ! Ça fait bien dix jours que nous n'avons pas eu une affaire à nous mettre sous la dent. Tel que tu me vois, je plonge lentement dans la dépression.

– C'est bien malheureux. Que faut-il faire pour t'en sortir ?

– Si je te le disais…

– Je préfère pas…

– Vous avez fini de marivauder tous les deux ? fit Brichot sur un ton sentencieux. Moi aussi, figurez-vous, chère Géraldine, je serais curieux de savoir ce que vous pouvez bien écrire. Vos mémoires ?

– Le jour où j'écrirai mes mémoires, vous pourrez commencer à trembler tous les deux, et vous aurez des raisons de déprimer. Je raconterai tout.

– Alors je suis tranquille, fit Brichot. Je n'ai rien à me reprocher. Bon époux, bon père, bon flic. Pas de compromissions, pas de…

– Dis donc, Mémé, tu vas vider ton tube de pommade si tu continues à ce rythme. Cela dit, je n'ai rien à me reprocher non plus…

Il y eut un double éclat de rire qui fit se redresser Corentin avachi dans son fauteuil.

– Comment ? Une rébellion ? Un début de mutinerie ? Pouvez-vous citer un seul exemple de…

– Des dizaines, Boris, railla Géraldine. Des dizaines de femmes séduites et abandonnées, et qui sait… des enfants, un peu partout, qui poussent comme ils peuvent, sans père, dans le fond d'un camp de nomades auxquels les a vendus une mère miséreuse et affamée…

Boris se signa.

– Saint Hector Malot, priez pour nous ! C'est donc ça que tu écris ? Le nouveau « Sans famille » ?

Brichot alluma sa lampe de bureau et en ploya la tige métallique de façon à la diriger vers Géraldine.

– Maintenant mon petit, vous allez passer aux aveux. Fini de se moquer de la maréchaussée en chaussettes à clous. Qu'écrivez-vous ? avant que de cette question nous passions à la question !

Géraldine sourit.

– Voilà un jeu de mots qui dépasse le niveau ordinaire de vos prestations, Aimé. Ce que j'écris ? Je vous l'ai dit : un rapport.

– J'espère, fit Corentin doucereux, qu'il s'agit bien de travail, puisque tu es au bureau, engagée dans une matinée censée être consacrée à l'Etat français et justifiant tes émoluments. Si tel est le cas pour ce rapport, ce que j'espère, j'exige, en tant que ton responsable hiérarchique, que tu m'en communiques le contenu, et ce pas plus tard que tout de suite.

– C'est bien, Boris, de prendre tes responsabilités et de réintégrer ton grade et ta fonction. En tant que votre responsable hiérarchique direct, Géraldine, je relaie les exigences de notre chef : montrez-nous ce rapport !

Géraldine s'arrêta enfin de martyriser son clavier

et prit un air contrit.

– Il est confidentiel. Il s'agit… euh… de l'établissement de certaines règles de vie entre ma compagne et moi. Qui fait le petit déjeuner quel jour, qui fait le lit, qui fait le ménage, enfin, des choses de cet ordre…

– Il y a de l'eau dans le gaz ? fit Corentin avec dans la voix une note d'espoir volontairement appuyée.

– Certainement pas, ne te fais aucune illusion grand chef ! Simplement, il faut que certaines choses soient écrites.

– Oui, ricana Brichot, un contrat en somme, que vous allez signer devant huissier peut-être…

– Je te signale, renchérit Boris, qu'il suffit d'un bon spécialiste pour que je puisse retrouver ce contrat sur ton disque dur, même si tu l'effaces et vides ta corbeille. Cela nous promet, à Mémé et à moi, une belle séance de lecture devant un double whisky.

Géraldine leva un regard scandalisé sur son chef.

– Tu ne ferais pas ça, Boris ?

– Qui sait !

– Et vous, Mémé ?

– Mon légendaire et british *fair play* me l'interdit. Je vous signale qu'il est déjà trop tard pour vous en tirer. Vous avez dû sauvegarder votre texte. Autant l'imprimer, l'effacer, et prier le Dieu des policiers que l'affaire s'en tienne là.

Géraldine soupira, mit un point final à son texte et pressa la touche impression au moment même où

Baba faisait son entrée dans le bureau de sa meilleure équipe.

– Je vois que l'on se prélasse dans les endroits où l'on entasse la paperasse…

Il était extrêmement rare que le commissaire divisionnaire Charlie Badolini, patron de la BRP, surnommé Baba par ses subordonnés, entre dans le bureau de ses équipes. Son habitude était plutôt de les convoquer dans le sien, de façon comminatoire, en s'étonnant qu'ils ne fussent pas là dans l'instant.

« Il n'y a guère que notre lieutenante qui travaille, elle ! »

Il prit machinalement les feuillets que l'imprimante venait de cracher, sans paraître apercevoir les sourires des deux hommes et la légère pâleur qui envahissait les joues de Géraldine.

– Je les prends tout de suite dans mon bureau ou vous voulez encore y jeter un coup d'œil, fit-il en jouant avec les papiers.

– Euh, si vous le permettez, commissaire, je déteste lâcher un texte sans en avoir révisé l'orthographe. Permettez…

Elle s'était levée et avait arraché un peu trop brutalement les feuillets des mains du patron. Surpris, Baba eut un sourire.

– Eh bien, voilà qui vous honore, mais quel empressement !

Boris et Aimé riaient sous cape.

– Elle ne ment pas, fit Boris avec componction.

Juste avant que vous n'arriviez, elle nous demandait justement si « petit déjeuner » prenait ou non un trait d'union.

On vit le commissaire Badolini se rengorger comme un paon. Lui qui se piquait de rédiger sans faute pour son ministre de tutelle, une occasion de briller lui était fournie sur un plateau.

– Tout dépend, chère Géraldine, si le terme est employé comme substantif ou comme verbe. Il ne prend de trait d'union que dans le second cas. Badolini parut réfléchir une seconde. Mais, ajouta-t-il, à propos de quoi parlez-vous donc de petit déjeuner ou de petit-déjeuner ?

– Euh… eh bien je remets mon nez dans un vieux rapport de… notre légiste. Ce que la victime avait mangé au petit déjeuner et…

– Pitié, pas de bon matin ! Vous autres gens de terrain, vous oubliez que derrière nos bureaux de responsables ou dans les couloirs de ministères, nous nous sommes éloignés du… cambouis.

– Gardez les mains propres, commissaire, fit Boris. Le rapport que rédige notre collègue est terrifiant, plus qu'elle ne veut bien le laisser entendre. Au fond, le comble de l'horreur…

Si Géraldine avait pu tuer avec ses yeux, Boris Corentin se fût écroulé sur place.

– Eh bien, Géraldine, conclut le commissaire, je doute que ce rapport soit bien urgent. Attendez un peu avant de me l'apporter. C'est fort bien de remettre en ordre de vieux dossiers, de faire un peu de nettoyage, mais tenez-vous sur vos gardes. Je subodore du travail pour bientôt.

Sur cette prédiction, Badolini se retira, laissant ses subordonnés stupéfaits que leur patron ait pu tenir quelques minutes sans allumer de cigarette. Car il s'asseyait sans vergogne sur le règlement et son bureau perpétuellement enfumé ressemblait à un jour sans jour londonien. Toute réunion de travail en ces lieux était une épreuve pour ses collaborateurs. Seul Boris osait parfois se lever pour ouvrir la fenêtre d'autorité, quand la saison le permettait.

– On peut dire que tu as eu chaud aux fesses, Petit Bonhomme, fit Boris faussement compatissant.

– Toi, grand chef, je te garde un chien de ma chienne !

Il y eut un bruit dans le couloir, suivi de vociférations où se mêlaient deux voix mâles et l'aigu des cris d'une femme, qui déboula soudain dans le bureau.

– Commandant Corentin, débarrassez-moi donc de ces malotrus !

Les malotrus en question étaient les membres de l'autre équipe de la BRP, Rabert et Tardet. Le premier avait les cheveux en bataille, comme si l'on venait de passer un aspirateur à pleine puissance au-dessus de son chef, tandis que le nez du second pissait le sang.

– La garce, fit Tardet, elle ne va pas l'emporter en paradis.

Il s'approchait, son plastron rougi, les poings levés. Quant à la fille, elle déclara froidement qu'elle ne parlerait qu'au commandant Corentin.

– Pas de violence ici, rugit Boris, en s'interposant entre la demoiselle et un Tardet si congestionné qu'il donnait l'impression de saigner encore plus. De quoi s'agit-il ?

– On l'a prise en flagrant délit de racolage sur la voix publique, répondit Rabert, et on l'amenait ici pour interrogatoire et procès-verbal.

Corentin n'était pas le chef des deux autres, mais son autorité morale et sa réputation lui donnaient quelques prérogatives non écrites qui faisaient grincer des dents les deux flics. Il y avait toujours eu une jalousie entre les deux équipes de Badolini, et quelques incidents inévitables qui avaient pu dans le passé entraver l'enquête des uns ou des autres. Badolini y avait mis définitivement le holà, sanctionnant verbalement une sorte de prééminence accordée à Corentin, mais les choses n'étaient jamais faciles.

Corentin examina la fille, qui ne semblait pas avoir été brutalisée. Il avait reconnu la belle Diane, comme on l'appelait dans le milieu. Ce n'était pas n'importe qui. Elle avait incontestablement de la classe, tenait le haut du pavé dans son métier, avait un luxueux petit deux-pièces rue Greuze, une petite rue huppée du seizième arrondissement, derrière la place du Trocadéro, et donnant sur la prestigieuse avenue Georges Mandel. Elle y recevait des hommes capables de s'offrir l'une des plus chères call-girls de Paris. Boris ne comprenait pas comment elle avait pu se faire pincer pour un vulgaire racolage, ça ne collait vraiment pas.

Il lui indiqua un fauteuil

.

– Asseyez-vous et calmez-vous !

La belle Diane s'assit tandis que Tardet, qui dorlotait son nez avec un mouchoir de papier, grinça :

– En somme, tu reprends notre affaire ?

– Je ne la reprends pas. Je discute le bout de gras avec cette personne en attendant que tu te soignes, Tardet, et que vous ayez retrouvé tous les deux un peu de sérénité. Je vous l'envoie dans un moment.

– Tu peux aussi bien l'envoyer au diable !

Les deux flics sortirent du bureau fous de rage. On eût dit deux méchants roquets auxquels on venait de dérober un bel os à ronger. Corentin se tourna vers Diane.

– Explication ?

– Commandant, ces deux fumiers, pardon, me cherchent des noises. Ils m'ont reconnue dans un bar du Trocadéro où je prenais un verre avec un client, et ils se sont dit qu'ils allaient s'offrir un contrôle devant lui, histoire de bien montrer qui commandait, qui était à la merci de qui. Vous savez, commandant, ces deux-là, c'est pas comme vous ou le capitaine, ils ont une sale mentalité…

– Arrêtez, Diane, ou je vais devoir vous coller au

trou pour insultes à policier dans l'exercice de ses fonctions.

– Fonctions outrepassées, commandant !

– En somme, cette affaire se réduit à rien ?

– C'est ce que je vous dis depuis le début, ce que j'ai dit aux deux sbires. J'ai peut-être perdu un client.

Corentin l'examina. Grande, blonde, des seins à percer les blindages, un air de garce mélangé à un air comme il faut, des jambes qui la tenaient debout mais qui étaient à tomber… Il hocha la tête.

– Je ne me fais pas de souci pour vos clients. Ni pour vous. Tant que vous vous gardez en règle.

– Je suis en règle. Ce qui n'est pas le cas de tout le monde.

– Que voulez-vous dire ?

– Ce que je dis ! Il se prépare de drôles de choses. Ce n'est pas mon affaire mais n'oubliez pas que les élections approchent.

– Écoutez, vous parlez par énigmes. Je sais bien que nous sommes là pour les résoudre, nous les flics, mais nous ne pouvons pas intervenir avant les délits, à supposer qu'ils soient autre chose que des délires…

– Rira bien qui rira le dernier. Est-ce que je peux partir, commandant, ou est-ce que vous m'envoyez chez les deux autres ?

Corentin la regarda pensivement.

– Attendez quelques minutes. Brichot, va voir nos collègues et demande-leur s'ils veulent revoir leur… cliente ! Ça passera mieux qu'avec moi.

Pendant la courte absence de son ami, Corentin eut le loisir d'examiner Diane et de se demander pourquoi elle avait ce tic de se toucher les seins furtivement. Ce n'était pas du tout une tentative de séduction, il en était convaincu.

– Vous avez mal ?

Elle comprit qu'il avait saisi ce mouvement dont elle essayait de se débarrasser sans succès. Elle se demanda s'il fallait se laisser aller à parler à ce type qui appartenait à une profession qu'elle détestait, source constante de tracasseries… Mais c'était un sacré homme, un vrai, et poli avec ça… Elle se lança :

– Non, commandant. Mais… j'ai des prothèses PIP. J'ai peur.

Corentin eut une brève hésitation avant de répondre avec sa franchise habituelle, sans mélodrame inutile.

– Je n'hésiterais pas une seconde. Vous avez les moyens de repasser sur la table d'opération.

Elle hocha la tête en un remerciement muet. Brichot revenait.

– « Qu'elle aille au diable ! », c'est tout ce que j'ai obtenu d'eux.

– Eh bien ! fit Corentin, vous êtes libre d'aller… dans un endroit moins chaud et plus confortable.

Corentin se leva et s'inclina légèrement et la belle Diane s'éloigna avec grâce. Sur le seuil, elle se retourna.

– Vous savez ce que j'aime chez vous, commandant ?

– Dites toujours !

– Vous me vouvoyez. Je vais vous faire une fleur : Strasbourg.

Boris afficha un air d'incompréhension.

– Pardon ?

– Strasbourg. Au revoir, commandant.

Chapitre III

Le réveil sonna à huit heures précises. Malgré son emploi du temps chargé, Daniel Bouquet n'avait pas eu le courage de se lever plus tôt. Quand Eva Lutin l'avait quitté, il était près de deux heures du matin.

Il ouvrit un œil. Un peu de lumière passait par les doubles rideaux mal joints et suffisait à faire sortir la pièce de l'ombre. Il se redressa sur un coude, contempla les draps et les oreillers froissés du grand lit *king size* et aussitôt sa nuit lui revint en mémoire. À vrai dire, son corps n'avait pas oublié. Il était doté, malgré sa fatigue, d'une érection matinale qui ne faisait pas mine de disparaître. Il pensait à la bouche qui l'avait mangé, à la langue qui l'avait parcouru, aux jambes longues et musclées qui l'avaient enserré, aux chaussures d'Eva qu'il avait fini par enlever une fois qu'elle s'en était servie pour enfoncer l'une d'elles entre ses fesses pendant qu'il la prenait à genoux sur elle. Elle l'avait aussi attaché aux barreaux de leur couche, après lui avoir demandé de s'asseoir contre la tête-de-lit. Dans cette position, son sexe paraissait absorbé par ses cuisses enfoncées dans le matelas. On n'en voyait que la tête pointée hors de l'entrejambe par une hampe pas très vaillante après ce début de soirée explosif. Il l'avait alors observée avec une angoisse grandissante. Elle avait sorti un canif très fin de son sac, l'avait ouvert, s'était approchée de lui pour faire une incision… dans un oreiller qu'elle avait d'abord dépouillé de sa housse. Elle en avait sorti quelques touffes de duvet qu'elle avait liées puis assujetties au manche de sa brosse à cheveux. Prenant l'instrument par la brosse, elle avait commencé de caresser la tête du membre, fendue par le méat, sur lequel elle passait le duvet fin avant de tourner tout autour, dessus dessous, chatouillant le gland. Le membre s'était lentement dressé quoique ne pouvant déployer toute sa longueur à cause de la position assise du député, qui ne siégeait plus à la Chambre mais dans une chambre cossue du Sofitel, et qui ne songeait à aucun autre discours qu'à celui fort expressif de ses soupirs puis de ses gémissements. Car la caresse commençait à devenir insupportable de douceur, d'effleurement impalpable, de légèreté aérienne.

Les micro-caresses longuement administrées sont terribles. Vous avez la sensation de ne pouvoir y échapper, vous les souhaitez infinies et éternelles tout en suppliant que cela cesse. De plus, à force de gonfler sans pouvoir sortir de l'enfermement de l'aine, il semblait à Daniel Bouquet que son sexe triplait de proportions, gagnait en épaisseur ce qu'il perdait en longueur, se débattait immobile comme une bête enserrée dans un carcan de chair. Il lui vint à l'esprit de vieux souvenirs de gamin coupable se branlant la nuit sous les draps à côté de la chambre des parents, et enfermant son sexe jaillissant dans l'étau de ses cuisses pour développer les sensations, faute d'une belle chatte de femme qui à l'époque n'existait que sur le papier glacé des revues qu'il cachait au fond de son bureau, entre ses cahiers de cours. Eh bien, ses cuisses après tant d'années lui semblaient retrouver le rôle qu'il leur avait assigné quarante ans plus tôt dans son lit d'adolescent.

Tandis qu'Eva continuait de l'agacer prodigieusement sans le lâcher du regard, il sentait monter de manière irrépressible un plaisir presque contraint, au sens où il devinait que sa liqueur resterait enfermée jusqu'au-delà du seuil critique dans ses couilles compressées par la position que la jeune call-girl lui avait imposée. Il secouait la tête, pressentant que le foutre sous pression allait jaillir de manière presque douloureuse. Et c'est ce qui se passa. Mélange de souffrance et de plaisir fou, sensation de brûlure aiguë, et ce spectacle stupéfiant auquel il eut du mal à croire : ses jets successifs qui projetaient loin devant lui, dans une courbe harmonieuse, de denses traits blancs dans le silence haletant de la chambre, la respiration complice de l'ombre, et ce geste fou d'Eva plaçant sa main dans l'air, à un mètre de lui, et recevant sur sa paume l'explosion blanche de gouttes épaisses à l'odeur fade.

– Tu vois, lui avait-elle dit avec une intuition étonnante, je suis sûre que tu retrouves tes sensations – et ta puissance – de jeune homme !

Il l'avait regardée en se demandant comment il allait se passer de sa science, de ses talents, de sa force persuasive, de sa domination oui…

– Tu es incroyable, lui avait-il répondu. Je ne crains qu'une chose : d'avoir envie de profiter de toi de toutes les façons dans l'oubli de te pénétrer tout simplement, comme tout le monde…

– Quelle importance ? Il y a tant de façons de prendre son plaisir. Les hommes sont obsédés par la pénétration. C'est le plus commun et souvent le plus ennuyeux des orgasmes.

– Mais toi… Tu ne veux pas maintenant que…

Elle éclata de rire.

– Tu veux ? Alors tout de suite !

Il prit un air penaud. Elle le détacha, s'assit sur lui à califourchon et profita d'un reste de raideur soudain enfin déployée dans la longueur pour s'empaler en lui pinçant les seins et en lui mordant les oreilles. C'était fou : il s'était senti grossir en elle et elle avait pris son plaisir, même s'il n'avait pas pu jouir.

Oui, repensant à sa nuit dans la clarté naissante de huit heures du matin, il réfléchissait déjà au moyen de la revoir. Il fallait qu'il appelle l'industriel,

Fonbeurre, pour lui demander où il avait bien pu trouver cette perle. Quoique non. Il s'en fichait. Ce qu'il voulait, c'est que Fonbeurre lui donne ses coordonnées et qu'il lui assure les services réguliers de cette Eva Lutin. Comment la surnommait-on ? Que lui avait dit Fonbeurre ? La panthère ? Non, la couguar ! Eh bien, il lui fallait revoir ce félin. Et pour rien. Il n'avait pas l'intention de payer, Fonbeurre se débrouillerait. Après tout, il suffisait à Daniel Bouquet de paraître dans un dîner auprès de Fonbeurre pour que ce dernier ne puisse plus rien lui refuser. Bouquet n'était pas dupe. Beaucoup de ses coreligionnaires haut placés ne faisaient pas autrement. Le deal était comme une convention, une loi non écrite. Entregent, lobbying... Des copains p.-d. g qui ont besoin de lui pour rassurer des clients, obtenir ou consolider un marché... rien de tel que d'organiser un dîner, en présence de créatures tout droit sorties de la cuisse de Jupiter, dîner éventuellement suivi de parties fines, à moins que chacun ne se sépare suivi comme par hasard de l'une de ces déesses, c'est donc vous, je vous raccompagne, un dernier verre ? Daniel Bouquet, tout comme ses pairs, avait tendance à oublier l'existence juridique du trafic d'influence. Un délit caractérisé puni de peines maximales de dix ans de prison et 150000 euros d'amende.

Bouquet était un fin manœuvrier. Il se souvenait de la discussion qu'il avait eue avec Fonbeurre il y a quelques années, lorsque ce dernier lui avait demandé d'intervenir pour l'obtention d'un marché que l'industriel espérait depuis des mois. Le visage de son ami député s'était fermé.

– Mon vieux Fonbeurre, dans ma position, on n'intervient pas. J'ai une carrière politique à mener. J'ai été blanchi d'une sale affaire il y a quelques années, on ne m'y reprendra plus. Je suis le plus honnête des hommes, au service du bien public, comme devrait l'être tout politique qui se respecte.

Fonbeurre, qui n'était pas né de la dernière pluie, n'avait rien dit mais, n'en pensant pas moins, lui avait décoché un regard ironique. Est-ce que son ami se foutait de sa gueule ?

Puis le repas s'était passé, dans une atmosphère bizarre, comme si Bouquet attendait d'autres ouvertures. Il tournait autour du pot, revenait sur ce fameux marché à obtenir, demandait des détails. Après, il avait été question de femmes, Daniel Bouquet prétendant qu'aucun repas d'affaires ne pouvait se passer de présences de charme, qui poussaient les hommes à plus de brillant et plus de douceur sinon de complaisance.

Les cafés avaient été servis, puis les pousse-cafés, et Daniel Bouquet, au moment de prendre congé, avait lâché tout à trac :

– J'attends ton invitation à dîner, mon vieil ami. Toujours content de te revoir, quelles que soient les circonstances.

Puis, Daniel Bouquet avait sauté dans un taxi tandis que debout sur le trottoir Fonbeurre regardait s'éloigner le véhicule. « Toi mon vieux, avait-il murmuré pour lui-même, tu sais y faire. Eh bien moi aussi… »

Depuis, il n'avait plus jamais rien demandé au député. Mais il l'invitait, pour des dîners fort divers, où l'on parlait d'affaires, de fric, de femmes, de contrats juteux, avec des gens de tout bord, parfois *border line*. Rituellement, les deux hommes se voyaient d'abord dans un bar d'hôtel, seuls, et Fonbeurre parlait de ses objectifs, des raisons du dîner. Jamais plus. Bouquet était seulement « informé ». Jamais d'argent entre eux, du moins sous ses formes habituelles, chèques, virements, liquide… Juste des occasions créées de voyager ensemble, de s'amuser ensemble, comme de vieux amis n'est-ce pas ?

Mais où donc Fonbeurre avait-il déniché une pareille perle ? Il décida de l'appeler après la douche. Il se leva enfin, entra dans la luxueuse salle de bains en marbre de sa suite et s'ébattit de longues minutes sous le jet d'abord brûlant puis glacé. Il avait fermé la bonde pour pouvoir faire une courte trempette dans l'eau qui s'était accumulée au fond de la baignoire. Il se coucha, avec de l'eau jusqu'à mi-corps. La tiédeur de l'eau l'enveloppa comme une caresse, il contemplait avec étonnement l'état de son sexe, dans cet entre-deux entre la position flasque et l'érection, le toucha, frotta son gland… Bon Dieu, il était encore très sensible… Il se leva, s'essuya avec application et passa la sortie de bains immaculée fournie par l'hôtel. Comme il franchissait le seuil de la salle de bains, nouant la ceinture, il s'arrêta net sur le seuil.

Au milieu de la pièce, comme déposée par sortilège sur l'épaisse moquette, il y avait une jeune femme. Elle tenait comiquement un plumeau en l'air, stupéfaite comme devant une apparition. Aucune apparition n'est orthodoxe (même s'il en est une très catholique qui fit beaucoup de bruit à Emmaüs). Voir un homme se présenter quasiment dans le plus simple appareil, avec au bas du ventre un troisième œil coquin verticalement fendu comme celui des chats, qui pointe rapidement vers vous dans l'ouverture d'un tissu éponge nid-d'abeilles, peut avoir quelque vertu déstabilisatrice pour une honnête femme de chambre qui paraît ne vouloir faire que son métier.

– Monsieur, excusez-moi. J'étais persuadée que la chambre était vide. J'ai ouvert avec mon passe et… J'ai frappé…

– J'étais sous la douche. Je n'ai rien entendu.

– Je suis désolée, excusez-moi.

Elle s'inclina rapidement, tourna le dos et se dirigea vers la porte.

L'homme le plus raisonnable, le mieux trempé de caractère, le plus prévoyant, peut se trouver dans des situations imprévisibles… et y réagir de manière imprévisible. Après coup seulement, il se dira : mais pourquoi ? Pourquoi donc ? Pourquoi l'ai-je fait ? Mais on ne peut invoquer personne, hélas… Même la toute-puissance de Dieu était limitée sur un point par les théologiens, un point sur lequel les plus grands furent toujours d'accord par-delà tous les siècles : Dieu lui-même ne peut pas défaire ce qui a été fait dans le cours du temps, ne peut faire que ce qui a été ne soit pas.

Plus tard, Daniel Bouquet, cherchant des raisons à son acte dans les plus infimes ou les plus absurdes détails, se dirait même : « le plumeau ! le plumeau à poussière qu'elle tenait brandi dans sa main, avec sur son visage un air du plus bel étonnement et une bouche ouverte sur une respiration arrêtée… Tableau allégorique de la nuit qu'il venait de passer, association entre le plumeau de la femme de ménage et celui qu'avait habilement confectionné Eva Lutin pour extraire de lui une jouissance qu'il croyait hors de ses facultés. Après tout, qui sait ce qui peut passer par la tête d'un homme ?

Daniel Bouquet avait lâché la cordelette de sa sortie de bains. Il s'avançait, verge en avant, tendue à bloc, dure comme béton. Il avait été jusque-là persuadé que la couguar l'avait complètement essoré, que sa demi-érection n'était que le résidu mémoriel de ses emportements érotiques nocturnes, il oubliait que les connexions entre le génital et le mental sont hyper-développées chez l'homme, que l'érotisme de situation est sans doute le plus puissant de tous…

bref, il était encore capable… de tout ! Plus tard aussi, il se souviendrait de ses discussions avec Bernard, grand ami de Terminale perdu de vue depuis. Lui, Daniel, soutenait que plus on faisait l'amour, plus on avait envie de le faire. Et Bernard renchérissait audacieusement, justifiant par avance toute infidélité en affirmant que plus on aimait une femme, plus on avait envie de baiser avec toutes ses amies sinon avec toutes les femmes du monde.

Il attrapa la femme de chambre par l'épaule. Elle se retourna à demi, l'œil fixe.

Il la plaqua contre lui, prit sa main, la conduisit de force vers son pubis, l'obligea à prendre son sexe entre les doigts. « Allez, branle-moi » souffla-t-il. Elle chercha à se dégager, le repoussa de sa main libre, détourna sa bouche, subit un baiser mordant dans le cou, le repoussa violemment et commença à courir vers le petit salon mais il la rattrapa et la saisit en l'entourant de ses bras, plaquant le dos de la jeune femme contre sa poitrine et saisissant ses seins. Il tira sur le chemisier enfoncé dans la jupe, toucha un ventre chaud et remonta ses mains pour passer sous le soutien-gorge. Il avait une envie folle d'empaumer ses seins. Il les griffa, en pinça la pointe et retourna la femme de chambre. Déséquilibrée, elle tomba à genoux et sentit la matraque du sexe ripper contre son visage. Quant au député, il éprouva sur la peau hypersensible de sa verge l'humidité soudaine et brève des lèvres de la femme de chambre.

Daniel Bouquet fut à ce moment-là obscurci par le désir. Un désir bestial, d'une violence nue. Un désir qui couvrit tout raisonnement. Primitif. Qui ne couvrait pas la raison, qui était d'avant la raison... Il grogna plutôt qu'il ne parla :

– Tu es dans la bonne position. Suce-moi. Tu verras.

Que voulait-il dire par ce « Tu verras » ? « Tu verras combien c'est bon pour toi aussi, garce ? » Ou bien : « Tu verras, je te donnerai de l'argent pour ta peine » ?

La femme de chambre chercha à se dégager mais cet homme en proie au délire l'avait saisie par le crâne. Et il avait une force incroyable. Elle sentait sur le sommet de sa tête le poids sauvage de la paume tandis que l'emprise des doigts s'exerçait sur sa nuque mais aussi sur ses carotides, au point qu'elle eut une sorte d'éblouissement. Elle aussi, mais pour des raisons tout autres que cet homme, ne raisonnait plus. Elle, ce n'était pas le désir qui s'était emparé d'elle mais la peur et la volonté de vivre. Elle ouvrit machinalement la bouche et le gros membre de l'homme s'engouffra. Quand le vin est tiré, il faut le boire, dit-on. Elle suça, dans un état second, visant à la délivrance de cette situation. Elle sentit soudain l'homme gicler, eut un haut-le-cœur, tandis que l'homme maintenait la pression de sa main jusqu'à ce qu'il se fut vidé. Il la lâcha. Elle bascula en avant, en appui sur ses mains, crachant un peu de sperme sur la moquette.

Il se retourna, s'éloigna,lui disant :

– Va-t-en maintenant, allez !

Elle récupéra ses affaires, sortit sans un mot.

Daniel Bouquet se passa la main sur le visage. Bon Dieu, qu'est-ce qui lui avait pris ? Il revint dans la salle de bains prendre une douche puis s'habilla rapidement et appela son porte-parole Jean Partout.

– Oui ?

– Jean, tu es prêt pour le petit déjeuner ?

– J'y suis, Daniel.

– Va m'attendre dans le hall, j'arrive.

– Mais pourquoi ne viens-tu pas ici ? J'ai ma tasse de café entre les mains.

– Eh bien avale ton café et la tasse avec si tu veux, mais viens.

On raccrocha et Jean haussa les épaules. Il faisait partie du clan Bouquet depuis toujours et il connaissait son homme. Quand il était dans cet état-là, il ne fallait même pas le prendre avec des pincettes. Il se rendit dans le lobby de l'hôtel et s'assit dans un fauteuil, déployant un journal. Il vit bientôt le patron sortir de l'ascenseur avec sa tête des mauvais jours.

– Eh, Daniel, qu'est-ce qui se passe ? Il essaya de plaisanter : dis donc, elle t'a essoré !

Bouquet se retourna violemment.

– Qu'as-tu dit ?

– Bon bon, mettons que je ne t'ai rien dit, mais je ne vois pas pourquoi tu prends la chose comme ça. Dis donc, j'ai faim.

– On va prendre un croissant dehors. Je ne peux plus supporter cet hôtel.

Ils sortirent et s'installèrent dans le premier café, Jean Partout tirait la gueule. Il pensait à la brouillade d'œufs, au jambon et aux fruits sur le buffet du petit déjeuner de l'hôtel et il se retrouvait à mordre dans un croissant pâteux sans doute de la veille et réchauffé au four.

– Jean, je vais rentrer à Paris.

Son porte-parole le regarda avec stupéfaction.

– Tu débloques ! Et la Convention ? Et la visite au Parlement ? Et la place libre laissée à tes ennemis politiques ?

– Il y aura d'autres occasions. Je dois retrouver ma femme et mes enfants.

Jean Partout haussa les épaules.

– Et que vais-je dire, moi ? Tu peux me fournir des explications ?

– Bah, c'est ta fonction et ton talent d'en trouver. Ne m'ennuie pas avec de pareils détails.

– « De pareils détails », explosa Partout. Il dit : « de pareils détails ! »

Daniel Bouquet posa la main sur l'épaule de son compagnon d'armes et ami.

– Jean !

Ils se dévisagèrent longuement. Le porte-parole hocha la tête.

– Ça va. J'espère que ce n'est pas trop grave.

– L'avenir le dira. Tu m'excuses auprès de

Fonbeurre et de nos amis.

Le visage de Partout s'assombrit.

– Fonbeurre… Si tu veux mon avis, on le fréquente d'un peu trop près. Ce gars-là nous vaudra des ennuis. Je trouve que son argent a une drôle d'odeur.

– Tu n'as pas aimé le dîner d'hier soir ? Il me semble que tu en as profité.

Le porte-parole rougit.

– Je me demande à combien s'élève la note de ce coco-là. Et où il trouve des filles pareilles !

– Ne me parle pas de filles !

– C'est toi qui dis ça ? Eh bien mon vieux, ça ne va pas du tout, rentre à Paris.

– Je te laisse, Jean. Sois gentil, fais porter ma valise à la gare, je vais marcher un peu avant de prendre le prochain TGV.

Jean Partout lui donna l'accolade et le regarda s'éloigner, songeur. Une angoisse inexplicable lui tomba sur les épaules. Les proches de Bouquet le disaient tous : la compulsion sexuelle de leur candidat et héros lui retomberait un jour dessus. Il se souvenait de quelques affaires délicates, notamment avec cette stagiaire de leur bureau politique, comment s'appelait-elle… Elle n'avait pas porté plainte parce qu'il avait alors employé tout son pouvoir de persuasion, et un dédommagement, mais ce n'était pas et de loin la seule casserole que traînait Bouquet. C'était même à se demander pourquoi la presse restait largement muette sur les frasques de l'homme politique. Point aveugle, discrétion étonnante des plumitifs… Il ne savait trop comment interpréter ce black-out. Il est vrai qu'en France on était passablement indulgent avec les choses de l'amour. La République était comme une mère compréhensive qui répétait à l'envi « que voulez-vous, la pression est telle chez les hommes politiques, il leur faut bien quelques compensations », et les compensations, on les condamnait tôt ou tard lorsqu'elles prenaient la forme d'espèces sonnantes et trébuchantes. Mais lorsqu'elles prenaient des formes pulpeuses et charnues, on souriait en convenant qu'être chaud lapin ne faisait de mal à personne.

Tandis que Jean Partout payait leurs petits déjeuners et revenait au Sofitel, Daniel Bouquet arpentait les rues de charme de la Petite France, essayant de s'intéresser aux maisons à colombage et aux petits ponts charmants qui enjambaient les bras d'eau. Comme il s'appuyait à un parapet, avec l'intention de s'abîmer dans la contemplation des couleurs changeantes qui chatoyaient sur l'eau, il vit s'approcher une jeune fille qui semblait à elle seule annoncer les promesses du printemps. Court vêtue d'une jupe plissée, un pull gonflé par sa poitrine, un sourire flottant sur ses lèvres comme le signe d'une rêverie intérieure, et des jambes nues, fraîches, qui arpentaient le macadam comme si le monde appartenait à leur propriétaire… Daniel Bouquet se retourna et s'appuya le dos à la balustrade pour la regarder passer.

Quand elle fut à sa hauteur, elle lui adressa un léger salut muet, une simple inclinaison de la tête.

Il la rattrapa.

– Mademoiselle ! Je m'apprêtais à prendre un petit déjeuner. Tenez-moi compagnie.

Elle le regarda par-dessus son épaule au moment où lui-même, en un geste inconscient, voulait la prendre par le bras, eut une lueur d'effroi dans l'œil et accéléra le pas sans répondre. Daniel Bouquet était atterré. Mieux que tout, cette petite scène lui révélait, une fois de plus, son incapacité à maîtriser ses pulsions. Sa capacité à se rendre ridicule en revanche éclatait à ses propres yeux. Draguer comme un étudiant sans la moindre imagination, inviter dans la rue à prendre un café, la recette la plus éculée du monde… Puis les réflexions qu'il venait de formuler pour lui-même le dégoûtèrent : il ne songeait qu'au ridicule de la situation où il venait de se mettre, alors que le vrai sujet d'inquiétude était autrement plus important : au fond, était-il malade ? Fallait-il se soigner ? Et comment ? À partir de quand la chose la plus naturelle du monde, le désir de l'homme pour la femme, devenait-il une pathologie ? Il avait une réponse, une double réponse à cette question : était pathologique le fait de forcer quelqu'un. Était également pathologique le fait de se sentir prisonnier de son propre désir, d'en être l'esclave. L'esclave consentant. Mais d'où venait le consentement ? Qui l'accordait quand sa raison voulait le refuser ? Et pourquoi les philosophes n'enseignaient-ils pas la seule chose qui vaille au monde : comment accepter sa propre nature ? Comment vivre avec elle ?

Il eut un geste dans l'air, comme pour balayer tous ses soucis et brusquement le monde lui parut beau et clair, la vie goûteuse à mordre à belles dents et les filles la plus belle invention du Barbu caché dans les nuages de l'univers. Il se mit à marcher rapidement, avec l'idée de revoir, simplement de revoir, de loin, la fille du pont, et parvint à la gare. Il récupéra sa valise, accompagnée d'un billet, repéra le quai de son TGV et s'installa confortablement dans son fauteuil de première classe. Aussitôt, il jeta un œil autour de lui. C'était instinctif, profondément enraciné : dans tout lieu public, il regardait autour de lui, et s'il y avait dans l'environnement ne serait-ce qu'une seule jolie femme, une femme baisable, c'est que le monde tournait rond. Comment s'appelait ce film de Truffaut qu'il aimait tant ? « L'homme qui aimait les femmes ». Il avait toujours considéré que le héros de ce film était son frère jumeau et que, comme pour ce personnage, le goût immodéré des femmes le tuerait un jour.

Son mobile sonna. Le numéro de téléphone qui s'inscrivait sur le petit écran lui était inconnu. Il prit l'appel.

– Daniel Bouquet.

– Eva Lutin à l'appareil. Vous vous souvenez ?

S'il se souvenait ! Au seul son de sa voix, toute sa

folle nuit lui revint à l'esprit. Et tout aussitôt une envie dévorante de revoir cette femme. Il répondit d'une voix cassée :

– Oui, je me souviens. Mais…

– Laissez-moi parler, j'ai très peu de temps et vous encore moins si ça se trouve. Vous allez vraisemblablement être convoqué à la police, arrêté peut-être. Dites que c'était du théâtre ! Que vous avez joué le jeu !

– Mais de quoi parlez-vous ?

– La femme de chambre !

Daniel Bouquet eut un hoquet et reprit difficilement son souffle.

– Mais comment savez-vous que…

– Je sais tellement de choses que je vous les raconterai… après. Fermez votre gueule, bon sang ! et écoutez-moi si vous voulez vous en tirer. Si vous n'avez pas confiance en moi, tout est inutile. Vous avez cinq secondes pour me l'accorder. Sinon je raccroche.

Bouquet ne sut jamais pourquoi il avait immédiatement répondu oui. Le souvenir éperdu qu'avait gardé son corps ? Ou la force de conviction et la personnalité irrésistible de cette femme ?

– Alors écoutez-moi, voici la version à laquelle vous devrez vous tenir : vous avez eu le sentiment que cette femme de chambre vous provoquait, jouait le jeu masochiste d'un faux viol, et vous êtes rentré dans son trip. N'en démordez jamais. C'est tout ce que j'ai à vous dire pour l'instant. Bonne chance !

– Attendez ! Pourquoi ne m'avez-vous pas prévenu de ce coup tordu avant ! Quand nous étions, euh…

– Quand vous arrosiez ma main de votre foutre ? Vous croyez que c'était le moment ? La vérité est que nous ne voulions pas vous prévenir, afin que vous jouiez parfaitement votre rôle.

– Mon rôle ?

– On veut vous piéger sur votre addiction au sexe et sur les limites raisonnables qu'elle pourrait vous faire franchir. Si vous aviez été au courant, vous n'auriez peut-être même pas pu bander… quoique…

– Mais enfin, qui… c'est quoi ce bordel ?

– Comme vous dites, monsieur le député ! Bonne chance et tenez bon !

Elle avait raccroché. Daniel Bouquet était trempé de sueur. Il sortit un mouchoir pour s'essuyer le front, regarda autour de lui comme s'il s'attendait à voir Eva Lutin ou quelque mauvais garçon aux aguets. La voiture où il était installé était pleine. Jetant un œil sur sa montre, il constata que l'heure du départ était passée de sept minutes, lorsqu'il repéra sur le quai deux policiers en uniforme qui s'apprêtaient à monter. Il soupira. La fille avait raison, mais lui-même, dans son for intérieur, savait ce qu'il risquait.

Une sorte de profonde résignation l'envahit un instant, un instant seulement. Puis il saisit son téléphone et appela sa femme.

– Gisèle, je crois que j'ai un problème. Police de Strasbourg.

Il raccrocha et passa un deuxième appel.

– Jean ! J'ai un problème. Préviens Josselin. Et viens me rejoindre au commissariat… Quoi ? Lequel ? Mais débrouille-toi !

Il raccrocha quand il vit devant lui deux policiers qui s'inclinèrent.

– Monsieur Daniel Bouquet ?

– Oui.

– Veuillez nous suivre.

– De quoi s'agit-il ?

– Une vérification, monsieur le député, une simple vérification. Indispensable, ajouta le deuxième des frères Dupont pour corriger vers plus de rigueur la formule du premier.

Daniel Bouquet hésita. On venait de lui donner son titre, un titre qui représentait un certain pouvoir dans le cadre des institutions républicaines. Fallait-il s'en servir ? Réagir, s'offusquer ?

Au lieu de cela, il se leva et suivit les deux représentants de la force publique.

Chapitre IV

Le Velu était dans son bureau, épluchant des photos qui représentaient des filles habillées ou déshabillées, mais aucune d'entre elles ne semblait soulever chez lui la moindre émotion. Il finit par jeter le paquet d'images dans un tiroir et se renversa en arrière, parcourant la pièce luxueuse d'un regard satisfait.

Le maquereau s'estimait une épée dans son métier. Prudent, il signait des contrats en bonne et due forme avec toutes ses filles, triées sur le volet. Il avait placé un certain nombre d'entre elles ici, dans la belle villa où il s'était aménagé une chambre et un bureau, d'où il traitait toutes ses affaires.

Par la fenêtre, il distinguait les frondaisons du Kurpark. Il estimait qu'il n'aurait pu mieux choisir l'emplacement de son bordel de luxe. Quelle bénédiction que cette Allemagne qui autorisait non seulement la prostitution mais les maisons closes ! Baden-Baden, en Allemagne, à soixante kilomètres à peine de Strasbourg dont il était originaire, fourmillait de gens richissimes qui venaient prendre les célèbres eaux et qui s'ennuyaient à mourir entre deux massages, un bain et trois douches. Et ce n'était pas la promenade dans le parc aménagé au cordeau qui allait combler leur ennui.

De plus, le coin fourmillait littéralement d'hôtels de luxe qui hébergeaient une faune internationale dont un certain nombre n'était ni plus ni moins malade ou fatigué que la moyenne de la population. Le Velu avait acheté une belle villa dans la rue Schiller, voisine de deux célèbres hôtels, le Brenners et le Dorint. Il profitait d'ailleurs souvent de leur spa et nouait des relations utiles, notamment auprès d'hommes d'affaire désœuvrés qu'il n'avait même pas besoin d'aborder directement car il se faisait toujours accompagner d'une de ses filles les plus splendides. C'était elle que les hommes d'argent regardaient, les yeux exorbités. À la faveur d'un verre ou d'un voisinage au bar, la conversation se nouait, Le Velu s'éloignait négligemment, revenait, le poisson était ferré, il ne restait plus qu'à sourire devant les félicitations qu'on lui adressait quant à la beauté de sa compagne. Alors, comme si de rien n'était, il parlait de l'amie de sa femme, prétendant en riant qu'à côté d'elle sa compagne faisait figure de marchande de poissons. Cette fois, les hommes avalaient l'hameçon goulûment. Un rendez-vous était pris. Un apéritif ou un dîner à trois. Quand la familiarité s'installait, Le Velu disait qu'il aimait bien organiser des repas de charme, rien ne favorisait le dialogue comme la présence de jolies femmes.

Mais l'activité officielle de la Villa Marantz, le nom de sa maison close de luxe cinq étoiles, ne représentait qu'une part infime des activités du Velu. La majorité des filles avec qui il était en contact vivaient leur vie où elles le voulaient et comme elles l'entendaient. Il disposait de leurs coordonnées et se contentait de les appeler pour des missions diverses et selon les demandes des clients fortunés, en touchant sa commission au passage. Ces demandes pouvaient être fort bizarres parfois, mais Le Velu avait la réputation de pouvoir répondre à tout.

Il avait définitivement assis sa réputation lorsqu'il avait fourni, au milliardaire qui le lui demandait, une Esquimaude livrée dans son igloo en compagnie de son mari. Que la tradition fût exacte ou pas, le milliardaire avait voulu vivre la cérémonie du don par l'homme de sa femme au visiteur de hasard qui s'aventurait sur la banquise du Grand Nord.

La scène s'était passée dans la luxueuse suite que le milliardaire avait réservée à Baden dans l'hôtel Eirischer Hof, au bord du Kurpark. Après avoir trouvé les acteurs de la prestation, payés une fortune, Le Velu avait fait livrer de gros blocs de glace qu'un explorateur chevronné (lui aussi grassement payé) avait montés suivant la technique traditionnelle sur une grande toile cirée installée dans le salon de la suite. Ce que Le Velu avait caché à son client, c'est qu'il avait branché une caméra miniature chargée d'immortaliser l'événement.

Le résultat n'avait rien à voir avec un film érotique, plutôt un court-métrage comique auquel Le Velu tenait comme à la prunelle de ses yeux. Il le présentait parfois à des amis sûrs, histoire de rigoler. On y voyait le milliardaire se déshabiller devant l'igloo, totalement incongru au milieu des tapis et des meubles de prix, baisser son slip avec difficulté car l'engin du financier était déjà à son comble. Après quoi, entièrement nu, à genoux, le sexe se balançant sous son ventre comme un pis gonflé de lait, l'homme s'avançait sur la toile cirée déjà trempée par un début de fonte des glaces qui n'avait rien à voir avec le réchauffement climatique, se baissait au passage de l'entrée de l'igloo, et disparaissait pour vivre sa cérémonie dont la caméra ne fournissait aucune image, la glace étant peut-être translucide mais point transparente.

Une demi-heure plus tard (coupée au montage) on voyait l'Américain ressortir dans le même appareil, sauf que son appendice était devenu flasque et bleu. Le froid sans doute. La caméra s'attardait encore et l'on voyait sortir alors sur ses genoux, habillée d'une peau de phoque, les jambes grassouillettes et de gros seins fripés, suivie de son mari, une créature sortie tout droit d'un documentaire sur la vie des Inuits. Le seul commentaire qui venait à l'esprit était que décidément, les méandres de l'érotisme empruntent de bien étranges voies et que tout, absolument tout, peut un jour ou l'autre devenir objet de désir.

L'un de ceux qui demandaient souvent à voir le film était justement Fonbeurre, gros fournisseur de clientèle. Les deux hommes n'avaient jamais officialisé leur association, par élémentaire prudence, mais ils travaillaient ensemble, au point que l'on pouvait à bon droit se demander qui était le plus maquereau des deux. Fonbeurre, novice en la matière, en tout cas au départ de leur collaboration, avait été la victime classique de l'enthousiasme exubérant et dangereux qui saisit les amateurs de tout poil, toujours désireux de faire mieux que les pros. Le Velu appelait ça le « complexe du converti » et s'en méfiait comme de la peste. Pour lui, le métier de maquereau était un métier comme un autre. Pas de quoi se la péter ou vouloir prouver quoi que ce soit.

Le Velu, toujours assis à son bureau de la Villa Marantz, appela sa secrétaire.

– Martha, j'ai une lettre à vous dicter.

De l'autre côté de la cloison, la dite Martha hocha la tête. Elle savait ce que signifiait la formule consacrée. C'était une jolie blonde, si fine que Le Velu disait toujours d'elle en riant qu'il ne fallait jamais la sortir par grand vent. Attaches fines, port de cou gracile, cheveux très légers qu'agitait le moindre souffle, petites oreilles, nez minuscule mais mutin, à vrai dire la seule partie de son corps à peu près sexy, des mains dont on s'étonnait qu'elles pussent soulever un verre de vin… bref, la porcelaine la plus friable qu'on pût imaginer, une définition en chair et en os du concept de fragilité.

Cela dit, Le Velu connaissait quelques dizaines de femmes qui eussent fait bander la statue d'un homme congelé, et l'on ne comprenait pas ce qui pouvait l'attacher à cette demi-femme quant à la taille et au poids. Le Velu laissait dire, gardant son secret qu'il partageait avec Martha, Martha qui se leva et entra sans frapper.

– Oui patron ?

– Il fait diablement chaud, Martha, voulez-vous m'ôter ma chemise ?

La jeune secrétaire s'approcha et défit les boutons un à un. Puis elle prit le tissu aux épaules et le repoussa lentement en arrière pour faire descendre le vêtement. C'est là qu'elle poussa un cri :

– Mon Dieu !

Elle ne s'y était jamais habituée. Elle n'avait pas besoin de jouer cette réplique qu'elle avait pourtant prononcée des centaines de fois depuis qu'elle travaillait pour lui, non, cette réplique ne pouvait s'user. Elle sortait toujours de sa bouche, après tant de répétitions, comme un cri de surprise, de peur, d'effarement.

– Qu'y a-t-il, Martha ?

– Monsieur… Monsieur est…

À ce moment précis, Le Velu soulevait Martha

comme plume au vent, l'installait sur le bureau, l'y jetait plutôt, grognait comme un fauve, retroussait la jupe, déchirait la petite culotte, libérait son sexe et le plongeait dans une grotte étroite mais ruisselante qui lui arrachait toujours une sorte d'aboiement rauque qu'on eût dit jailli de la gorge d'une bête qui n'existait plus.

Quant à Martha, dès le début de cette ritournelle, elle s'accrochait, *comme la première fois*, mais c'était toujours des « premières fois », aux poils du dos. À vrai dire, ce n'étaient pas seulement des poils, c'était une fourrure épaisse. Certains hommes peuvent avoir pas mal de longs poils follets sur le dessus des épaules, mais en avoir des milliers, serrés comme moquette pure laine d'exception, qui descendaient jusqu'au bas des reins, cela confinait à quelque anomalie de la nature. Au cours de la croissance du Velu, quelque gène avait à coup sûr oublié de se désactiver, quelque gène venu du rift africain, il y a trois millions d'années, quelque gène qui avait vraisemblablement connu Lucy, et qui œuvrait encore sans vergogne, en plein XXIe siècle commençant.

Cette particularité, Le Velu en avait d'abord souffert. Entre les lazzis des camarades, pendant les séances de sport, où sa pilosité débordait de partout et perçait même le tissu trop fin de certaines de ses tenues, et les regards des filles qui se détournaient écœurés, il maudissait la nature et ses parents. Pourtant il avait noté, a contrario, certains regards de filles, pupilles élargies, roseur sur les joues, tremblements… d'autres qui cherchaient obstinément à s'isoler avec lui et attendaient, les bras ballants, il ne savait encore quoi, le ballot ! Le Velu avait fini par faire de son incroyable pelage un atout. Bien sûr, il lui arrivait de se voir refuser un massage dans un spa ou dans un autre… la masseuse dont le visage devenait blanc lorsqu'elle entrait dans la cabine après avoir attendu que son client se déshabille et s'allonge sur le dos. Les réactions étaient diverses : le silence de plomb, un cri… une chute, une fois… une masseuse prise de syncope. Les plus courageuses disaient, avec leur flacon d'huiles à la main : « mais comment fait-on ? ».

Secouée comme sac de blé sur le dos d'une mule déhanchée, quasiment violée, Martha s'accrochait aux poils, le visage tourné vers le grand miroir qui décorait un mur du bureau. Et son visage, toujours, semblait s'agrandir d'effarement : elle voyait une bête la prendre, quelque chose de noir, de puissant, qui s'agitait sur elle, en elle, et grognait. C'était le moment où sa chatte devenait fontaine, où elle gémissait sans discontinuer, dans cet accouplement d'un autre âge, et lui passaient alors par la tête toutes les chimères inventées par l'imagination mythologique des hommes, joyeux salmigondis d'hydres, de minotaures et de centaures qui toutes la prenaient de force. Et elle se demandait avec horreur quel monstre allait engendrer pareille saillie, et voici que le mufle de la bête lui dévorait les lèvres tandis qu'elle sentait son vagin, sous les spasmes répétés de la queue monstrueuse, se remplir de la terrible semence. Un avant-dernier orgasme alors emportait Martha, dévastateur, impressionnant Le Velu, qui en avait pourtant vu d'autres. Voilà ce qui unissait ces deux êtres. Quant au final de cette scène que l'on pouvait dire bestiale, les deux protagonistes s'y livraient avec une sorte de bonheur furieux : la gracile Martha se dégageait de sous le corps pesant du Velu, qui se couchait alors sur le ventre, jambes pendant au bord du bureau. La blonde secrétaire montait sur le dos de son patron, s'y couchait, frottait son ventre ses seins son pubis dans l'inextricable forêt des poils poisseux de l'humidité de la sueur, s'écartait sur lui, l'enserrait de ses cuisses minces rougies par l'agression de la toison, frottait ses lèvres vaginales noyées de sperme jusqu'à ce que des touffes de poils rêches lui irritent l'entrée de la grotte. Elle lâchait alors un dernier flot, dans un grand gémissement saccadé de halètements, plongeant ses seins dans le pelage et mordant dans la nuque.

Elle sautait alors sur le sol, la peau rouge, honteuse, s'habillait à la hâte et regagnait son bureau sans un mot.

Quant au Velu, de telles scènes le mettaient dans un état d'esprit dont il n'avait guère l'habitude. Il se sentait devenir bon. Ou presque. Généreux. Quasiment. Il avait songé à filmer ces scènes qui se déroulaient dans son bureau avec Martha. Sans le lui dire. Un pareil film sortait de l'ordinaire et pouvait valoir pas mal d'argent. Mais il ne s'y était jamais décidé, comme s'il devinait qu'il avait quelque chose à préserver dans cette relation, quelque chose qui aurait pu s'appeler « jardin secret ». Quelque chose qui représentait un peu de dignité, un peu de beauté, une fleur isolée dans un océan de fumier.

Le Velu se rhabillait lorsque le téléphone sonna.

– Oui ?

– Morlax à l'appareil. Notre homme est en garde à vue, depuis le début de cet après-midi.

Morlax était un membre du cabinet de Daniel Bouquet, chargé des relations avec le Parlement européen.

– Bon, fit Le Velu. C'est ce qu'on voulait, non ? Tu trouves prudent de m'appeler ? Normalement c'est Fonbeurre mon contact.

– Il m'a demandé de le faire, il est occupé.

– Occupé mon cul ! Qu'est-ce qu'il a d'autre à foutre que de veiller au grain ! Je n'aime pas ça. Et le film, où est-il ?

– Eh bien ma foi, justement… euh…

– Accouche bon sang. C'est Fonbeurre qui a mis le truc en place c'est Fonbeurre qui l'a récupéré ou alors je donne ma langue au tigre.

– Pas encore…

– Pas encore quoi ?

– Il ne l'a pas encore récupéré. C'est allé trop vite,

mauvais timing. La police scientifique est déjà sur place.

Le Velu, silencieux, réfléchissait à toute vitesse.

– Bande d'amateurs de merde ! Je parie que Fonbeurre ne s'est tout simplement pas levé à temps ou que deux de mes filles l'ont mis sur les genoux puisque ce connard ne peut jouir qu'en suçant une chatte pendant qu'il en met une autre en perce. Putain c'est quoi ces mecs qui ne tiennent pas debout. Où est Fonbeurre ?

– C'est ce que j'essaie de te dire. Il est au Sofitel, à l'accueil. Il traîne aussi dans les étages et cherche la coupure.

– La coupure ? Mais crétin, une fois que les flics auront fait leur boulot dans la chambre, et à supposer qu'ils ne trouvent pas la caméra, ils mettront les scellés.

– Calme-toi. Et la fille ?

– Quoi la fille ?

– Elle tiendra le coup ?

– C'est mon affaire. Je raccroche. Ne m'appelle plus.

Donc, c'était parti. Jusqu'où cela irait, il n'en avait aucune idée, mais il s'était quand même mouillé dans cette affaire. Il crevait d'envie d'appeler la fille mais où était-elle ? Et puis il fallait aussi joindre absolument ce naze de Fonbeurre.

Il passa un manteau et sortit à la recherche d'une cabine téléphonique. Enfermé dans la cage de verre, il composa le numéro de mobile de Julie Salz.

CHAPITRE V

– C'est pas les autres, l'enfer, c'est l'inaction ! Finalement on est congénitalement fait pour travailler.

C'était bien dans le style d'Aimé Brichot de philosopher, il n'avait pas besoin d'un coup dans le nez. Il ne pouvait s'empêcher de tirer des leçons de n'importe quelle situation, de généraliser, tout en restant les pieds sur terre. Philosophie pratique, utilitaire, pragmatique, bref, anglaise.

– Mémé, quel foutu philosophe tu fais, rétorqua Boris. Tu me la copieras cent fois celle-là. Tu n'as pas honte de tomber dans les clichés, à ton âge, celui de la vraie sagesse ? Tu veux que je t'en sorte un de cliché, l'inverse du tien ? Parce que tous les clichés ont leur contraire, sinon ce ne sont pas des clichés.

– Tu ne serais pas en train de philosopher ? On est congénitalement fait pour philosopher.

Boris, soupçonneux, regarda le bock de bière planté devant son collègue et ami. C'était certes le second, mais il était encore presque plein.

– Tu le veux ou pas, mon cliché contraire ?

– Sers-le toujours, je suis tout ouïe.

– « Perdre sa vie à la gagner ».

Brichot releva la tête, se saisit de son bock et en vida le tiers d'un coup.

– T'es dingue de me dire ça, ça fout le vertige !

– Je constate qu'un seul demi te fait perdre ton langage châtié. Ton élégance si prisée par tes coreligionnaires ne serait-elle qu'un vernis de surface ?

– Un vernis est toujours de surface, mec !

Ils étaient tous les deux installés dans un petit établissement de la place Dauphine, derrière le Quai des Orfèvres. Ils avaient craqué tout à l'heure, au bureau, après quatre jours d'inaction totale. À part astiquer les toilettes de l'étage et acheter un aspirateur à fumée pour le brancher sur le bureau de Badolini, ils ne voyaient pas ce qui pourrait occuper les prochaines heures et chasser la déprime grave qui guettait à la porte de leur bureau avec sa sale gueule de raie manta vue sur la tranche.

Ils avaient parlé de prendre un pot, guettant Géraldine du coin de l'œil, avant de lui suggérer carrément de rester de garde dans les bureaux pendant leur absence, ce qu'elle avait accepté avec une facilité suspecte. Ils l'avaient dévisagée et Brichot avait dit doucement :

– Et en échange, Géraldine ?

– Eh bien dit-elle tout sourire, je partirai à seize

heures. J'ai des courses à faire et ce soir, Liselotte et moi nous comptons…

– Pitié pour nos vertus viriles et les espérances qui s'y rattachent, pas de détail !

Ils étaient venus s'attabler dans cet estaminet qui semblait riche de souvenirs, le mobile devant eux au cas où leur collègue appellerait pour une urgence.

– Tu sais, commandant, je dis ce que je pense : notre esprit est naturellement voué au processus de la généralisation. Et tu sais qui a été le plus fort à ce jeu-là ?

Corentin enveloppa Brichot d'un regard affectueux.

– Tu meurs d'envie de me le dire, hein ? Je t'écoute, Aristote.

– C'est Newton. Quand il a découvert la loi de la gravitation.

– La pomme, hein ?

– La pomme, la pomme… Mais on n'a rien dit quand on a dit la pomme, grosse pomme ! Newton voit la pomme tomber, il connaît le mouvement des planètes et il se dit « Eureka ! Les planètes c'est comme les pommes. Elles tombent. ».

– Elles tombent ?

– Oui. Les pommes tombent vers la Terre et les planètes vers le soleil. Et tous les corps célestes tombent vers plus gros qu'eux. Ben mon vieux il en avait dans le ciboulot.

– Oui mais c'est la pomme qui a fait tomber Eve et

Adam et pourtant ils étaient plus gros qu'elle…

– C'est terrible avec toi, Boris. On ne peut jamais avoir de conversation sérieuse.

– Réjouis-toi, mémé, en voici une qui s'annonce !

Son téléphone venait de s'allumer et affichait le nom de Géraldine.

– Oui, Petit Bonhomme ?

– Rappliquez et en vitesse, bande de soulographes ! Baba veut nous voir d'urgence et ne comprend pas pourquoi nous ne sommes pas déjà là. Et j'ai bien l'impression que je me suis fait avoir ! Vous me devez une escapade !

– Le temps de payer, nous arrivons, merveille de la Cité !

Brichot avait déjà sorti son portefeuille et jeté un billet sur la table. Ils se levèrent sans attendre la monnaie et rentrèrent à la hâte. Dans le bureau, Géraldine s'excitait.

– Bon sang, trois fois qu'il m'appelle pour me demander où vous êtes. J'ai dû inventer.

– Je crains le pire…

– J'ai dit que vous étiez aux toilettes en proie à des vomissements.

– Tu es folle, ma fille !

– Je n'ai fait qu'anticiper… Vous avez combien de litres de bière dans le corps ?

Badolini les attendait en tapotant nerveusement son sous-main, dans un nuage qui rappelait les infos télévisées de la veille sur le réveil de l'Etna. Les quelques mouches présentes dans le bureau en avaient perdu leur plan de vol et s'étaient plaquées aux vitres.

– Mademoiselle, messieurs, le temps des vaches maigres est terminé. Nous avons du travail.

Corentin sourit ironiquement à l'énoncé de ce « nous ».

– Vous avez un commentaire à faire, commandant ?

Voilà qui était sérieux. Après la fumée, la lave en fusion. Rien n'aurait pu mieux révéler l'état de nerfs du patron de la Brigade que cette immédiate rentrée dans le lard du dit commandant.

Badolini dévisagea tour à tour les trois membres de sa meilleure équipe.

– Je dois vous confier une affaire que l'on peut sans peine classer dans la catégorie panier d'œufs. Je n'ai pas dit œufs en emballage de cellulose moulée, j'ai bien dit : panier. Ça casse très vite, pigé ?

– Commissaire… Vous ne vouliez pas dire panier de crabes ? glissa Brichot.

– Gardons-nous de juger, rétorqua Badolini avec un premier sourire circonspect, mais il s'agit bien, comme vous l'avez deviné, d'une affaire politique. Plus précisément d'une affaire de mœurs aux retentissements politiques potentiellement… euh… retentissants. Le ministre m'a déjà fait envoyer des copies des Une des principaux quotidiens de demain. Ce n'est pas piqué des vers. En deux mots : Daniel

Bouquet est en garde à vue depuis ce matin. Pour agression sexuelle et peut-être viol présumé. Ce sera le gros titre des journaux télévisés de ce soir.

La foudre tombant entre leurs jambes n'eût pas mieux statufié les trois membres éminents de la Brigade. Brichot sembla résumer le sentiment général en proférant un « Shit » très british. Il ajouta aussitôt.

– C'est pas le mauvais bougre ! Doué pour la politique, une vraie stature, peut-être de chef d'Etat, et des idées qui se tiennent, peut-être un peu larges pour un homme de gauche pur et dur, mais leur hauteur est incontestable.

– Dites donc, Brichot, fit Badolini, ce n'est pas si mal comme portrait. Vous avez pondu là comme qui dirait un éditorial.

– Voulez-vous me faire entendre, commissaire, que je serais meilleur journaliste que flic ?

– Restez avec nous, capitaine, nous aurons besoin de vous. Messieurs, je n'en sais guère plus que vous. Je vous mets tous les trois sur le coup. Pas question d'y mettre Rabert et Tardet, ils feraient des trous comme des cratères dans le tissu politique. Je vous rappelle qu'en cette affaire vous devez marcher…

– … sur des œufs, firent les trois policiers transformés en chœur antique.

Ignorant l'interruption, Badolini poursuivit.

– Je vous laisse libre de vos mouvements, mais je veux un compte rendu, au moins téléphonique, deux fois par jour, et un rapport tous les matins à la première heure par courriel.

– Téléphone ? Courriel ? Pourquoi…

– Ah j'oubliais, lieutenant. Vous devrez certainement vous rendre sur le lieu névralgique de l'affaire. Faites réserver d'ores et déjà trois places pour Strasbourg et vos chambres.

Boris bondit de sa chaise.

– Strasbourg ?!

– Pourquoi ? rétorqua Badolini d'un ton rogue et l'œil qui frisait. Ça ne vous plaît pas ? Vous auriez préféré les douceurs méditerranéennes ?

– Non, non, patron, ce sera Strasbourg.

– Eh bien au boulot ! Quelque chose me dit que nous ne sommes pas prêts d'en finir avec cette enquête. Vous ne devriez pas avoir d'ennuis avec nos collègues de la capitale alsacienne. Le patron du SRPJ[1] est un ami et les affaires de mœurs, à ce niveau national, c'est notre affaire, par Dieu !

Les trois policiers se dirigeaient vers la porte lorsque la voix du commissaire claqua :

– Encore un mot… Strasbourg, ce n'est pas une excuse pour que votre enquête pédale dans la choucroute.

Il eut un sourire sarcastique et laissa partir ses subordonnés effondrés par la saillie.

De retour dans leur bureau, Boris prit immédiatement les choses en main.

1. Service Régional de la Police Judiciaire

– Allez aux renseignements, tout ce que vous pourrez trouver est bon à nous mettre sous la dent. Faites un dossier sur Daniel Bouquet et son entourage politique et familial, je veux tout savoir sur lui. Géraldine, vois si tu peux obtenir un rendez-vous avec madame Gisèle Bouquet d'ici demain, nous partirons en fin de matinée.

– Et toi grand chef ?

– Vous vous souvenez de la visite énergisante de la belle Diane pas plus tard qu'hier, amenée par nos deux collègues pour racolage ? Eh bien, en partant, elle m'a lâché une information qui tenait en un mot : « Strasbourg ». Je me rends donc de ce pas à son deux-pièces de la rue Greuze et j'y ferai le pied de… greuze s'il le faut, pour la voir.

– Tu sais, Boris, répondit Géraldine, je vais finir par croire que le bon mot de Baba était génial, comparé au tien. Cela dit, attention à ta vertu !

– C'est pour protéger la tienne que je ne t'y envoie pas. Bon courage mes enfants !

Corentin échappa de justesse au projectile que lui lançait la jeune policière, attrapa son manteau et sauta dans une Mégane de service pourrie mais encore frétillante à l'idée de se trimballer dans les beaux quartiers. Il se gara sur un passage piéton et remonta la rue à partir de Georges Mandel. Rue calme, très chic, suant la grande bourgeoisie. On imaginait très bien la façon dont les appartements, derrière les grandes fenêtres avec doubles rideaux à embrasses, étaient meublés : meubles style Louis quelque chose ou Empire, acajou, pendules Restauration, horloges, marbres et stucs, murs verts ou bordeaux, parfois rayés. Il parvint devant l'immeuble qu'habitait la belle Diane et l'appela sur son portable. Il tomba sur une messagerie. Était-elle avec un client ? Il décida de sonner. Au bout d'un moment à perdre patience, il entendit une voix dure sortir de l'interphone :

– Oui ?

– En la circonstance, chère Madame, votre Oui ressemble à un Non très convaincant.

– Mais qui êtes-vous ?

– Commandant Boris Corentin.

– Oh, commandant ! Une urgence ?

– D'un ordre strictement professionnel, chère Madame.

Il entendit un rire de gorge qui aurait pu faire passer un frisson chez plus endurci que lui.

– Commandant, je suis à vous dans dix minutes. Laissons mon client s'habiller dans le calme. Le pauvre chou a les jambes qui flageolent. Et ne restez pas devant la porte. Ce genre d'homme prendrait peur de son ombre.

Boris s'éloigna, traversa la rue et se mit à flâner, le nez au vent, sur l'autre trottoir, jusqu'à ce qu'un homme sorte furtivement et s'éloigne après lui avoir jeté un bref regard torve. « Eh bien, songea Boris, si on ne savait pas ce que tu viens de faire, il n'y a plus aucun doute maintenant ». Ce qui lui rappelait la scène fréquente et pleine d'enseignements des hommes qui s'essuyaient la bouche et le cou en pleine rue, vers 19 heures, avant de rentrer chez eux. Autant porter un panneau sur le ventre affichant « Je trompe ma femme ». Il sonna, poussa la porte, prit l'ascenseur jusqu'au cinquième étage et repéra une porte entrouverte qu'il poussa. La belle Diane l'attendait dans son salon. Par-dessus un déshabillé de résille noire très fine noué à la taille par une ceinture de satin, elle avait passé un peignoir de chiffon très léger, le tout visiblement acheté chez Victorine. L'ensemble en jetait et Boris dut s'avouer qu'il venait de déglutir pour essayer de faire descendre sa pomme d'Adam dans des régions plus apaisées.

L'ameublement lui convenait à merveille et ne ressemblait certainement pas à ce qu'il avait imaginé de cette rue quelques instants plus tôt. C'était blanc, lumineux, élégant, avec des taches de couleurs gaies, lampes et coussins principalement. C'était du design hors de prix, des meubles signés. De toute façon, de l'avis de Boris, du design bon marché ne pouvait faire illusion longtemps et descendait très vite bien plus bas que Conforama. Il fut invité à s'asseoir dans un canapé dont il admira la ferraille en fer plat. Visiblement sorti de l'atelier Christophe Delcourt.

– Un whisky, commandant ?

– Suis-je en service ? Bah, oui, un whisky.

– Merci pour votre aide. Je savais que je vous

reverrai aujourd'hui.

Elle servit puis s'assit, croisant ses jambes. Boris fixa son regard sur les seins opulents puis les désigna du doigt.

– Vous avez pris une décision ?

– Et même un rendez-vous chez mon gynécologue et mon chirurgien esthétique. Je ne veux courir aucun risque. Dites-moi, commandant, dans l'ordre de la saloperie de grande taille, où placez-vous l'assassin par amour, comparé au p.-d. g qui frelate des produits médicaux destinés à des centaines ou à des milliers de personnes ? Tout ce que je souhaite, c'est que la prochaine femme qui lui taillera une PIP la lui tranche, voyez-vous… Un bout coup de dent.

Boris haussa les épaules.

– La saloperie, c'est mon gagne-pain. À ce propos, qu'est-ce qui se passe à Strasbourg ?

– Le petit monde des girls de haut rang est très petit, commandant. On finit par se connaître, on se rencontre lors de conventions, de colloques, de réunions commerciales, financières ou politiques privées et bien sûr, après avoir distrait ces messieurs le soir ou la nuit, on prend un verre, on parle. J'ai simplement entendu dire deux ou trois choses par une collègue.

Boris avala lentement une gorgée de son whisky, la savourant, puis hochant la tête.

– Ce n'est pas du toc ! J'aime bien les *cask*. Vous n'avez pas besoin d'en boire beaucoup, une gorgée vous tient compagnie toute une soirée sur la langue. Il la sonda du regard. Allons, Diane, c'est quoi, ces deux ou trois choses ?

La jeune femme agita ses bras en l'air, paraissant se débarrasser d'un scrupule importun.

– On veut abattre un homme politique d'envergure. Apparemment, les confidences de ma copine n'étaient pas des paroles en l'air.

– Et comment s'y est-on pris avec ce malheureux Daniel Bouquet ? Convenez que le ciel lui est tombé sur la tête !

– Je ne sais pas comment on s'y est pris. Tout ce que je sais, c'est qu'on s'y est pris. La preuve !

Boris était perplexe et sur ses gardes. Il avait beau trouver la belle Diane absolument à son goût, élégante, sublime, craquante, intelligente, il ne savait que trop combien le milieu vivait littéralement et avidement de racontars, de médisances, de jalousies, de coups fourrés, d'arnaques et de gros billets de banques bien craquants… Si ça se trouvait, elle ne lui avait pas lancé « Strasbourg » par hasard, la veille au Quai des Orfèvres. Il surprit un regard ironique de la part de la belle.

– Je sais exactement ce que vous êtes en train de vous dire, commandant…

Elle se pencha en avant après avoir décroisé ses jambes. Il eut une vision fugitive, elle était nue sous sa nuisette, pas de petite culotte, juste l'ombre affriolante et affolante, dans l'entrejambe, le côté nocturne et mouillé, dévoreur, glouton, de la Femme, la grotte sans fond aux parois suintantes…

– Je n'ai rien à faire avec cette histoire. Juste une beuverie avec ma copine, il y a deux mois, au cours d'un petit rassemblement de responsables de gauche à Bruxelles. Nous avions chacune « traité » un sénateur dans sa chambre, avant de les mettre gentiment au lit, et nous étions descendues au bar de l'hôtel. Il était une heure du matin, nous avons commencé à boire après avoir sèchement écarté les hommes qui tournaient autour, et ma copine m'a désigné un vilain bonhomme en rigolant. « C'est mon mac ! » m'a-t-elle dit. Je n'ai pas voulu la croire, je ne lui en avais jamais connu. Elle consentit à m'expliquer que ce sale type lui trouvait des affaires juteuses et prenait sa part, qu'il était en cheville avec un authentique mac et qu'à eux deux ils trustaient une partie du marché de la distraction haut de gamme dans le secteur politique et industriel. Elle acceptait quelquefois leurs propositions et avait même accordé une fois ses faveurs au sale type en question. Elle l'avait si bien traité qu'il éprouvait pour elle une admiration sans borne, lui disant qu'elle était capable à elle seule de « renverser un gouvernement », et même la papauté tout entière. Et qu'il lui trouverait des collaborations en or massif. Il lui avait lâché quelques confidences de trop. Par exemple qu'ils allaient scier un grand homme politique de gauche, et qu'elle pouvait être aux premières loges à Strasbourg si elle voulait, il y avait un pognon fou à la clé… Il avait conclu en lui disant : « Ma petite Eva, je ne connais qu'un monde plus pourri que celui de la finance. C'est celui de la politique ! Tu n'as aucune idée de ce qu'ils peuvent imaginer pour couler l'un des leurs ! Des ordures enragées. » Eh bien, commandant, je crois que c'est tout.

– Eva ?

– Je suppose que vous voulez son nom, ses coordonnées, et la manière dont elle baise ?

– Je n'en demande pas tant.

– Eva Lutin. Un sacré numéro, l'une des meilleures d'entre nous.

– Et le vilain bonhomme, son supposé fournisseur d'affaires ?

– J'ignore son nom… ou je l'ai oublié. Sincère ! Mais il suffira de lui demander.

– Et vous pensez qu'elle était à Strasbourg ? Qu'elle y est encore ?

– Probable. J'ai bien compris qu'elle avait envie d'y aller. Je le lui ai déconseillé mais ce n'est pas le genre de personne qu'on puisse influencer. Elle n'a pas froid aux yeux, elle veut être de tous les coups. Vous savez comment on la surnomme dans notre petit monde ? La « couguar ». Maintenant, n'allez pas croire… ne vous faites aucune idée préconçue. Elle y est peut-être, elle y a certainement fait du très beau boulot, mais de là à dire qu'elle est directement impliquée, il y a une sacrée marge. J'ai confiance en elle. Je ne l'imagine pas commettre des choses qui l'empêcheraient de se regarder dans un miroir. Mais y assister comme d'une loge de théâtre, ça oui. Elle a peut-être des choses à vous dire.

Boris finit son whisky et se leva.

– Merci de votre aide, Diane. Et bonne chance.

Elle se leva d'un bond et s'approcha de lui. Elle se colla contre sa poitrine et l'embrassa. Soudain, Boris sentit l'une de ses jambes se lever, se presser contre lui, l'envelopper. Dans un souffle, elle lui dit :

– Vous êtes un galant homme. Vous pouvez venir quand vous voudrez, sans que j'exige de vous ce que j'exige de mes clients.

C'était ma foi fort joliment dit pour éviter de parler d'argent. Il gagna le seuil, appréciant qu'elle n'insiste pas davantage. Au moment d'ouvrir la porte, elle lui tendit encore ses lèvres et le mordit légèrement. Il la prit aux hanches, à travers le tissu vaporeux de sa nuisette, puis laissa ses mains remonter dans son dos avant de redescendre sur ses fesses. Elle se cambra et se heurta au sexe dur de Boris, qu'elle dégagea en un tournemain. Pour Boris, les choses prenaient un tour parfaitement imprévu, qui entrait pour une large part dans son excitation.

– Prends-moi sous les cuisses, murmura-t-elle.

Il comprit, la saisit, elle écarta ses jambes et les noua dans ses reins. Elle sentit la verge du policier se frayer un chemin entre ses cuisses et entrer avec une force terrible dans son vagin. Elle eut un grand soupir tandis que Boris la soulevait, l'éloignait puis l'empalait sur son membre. Diane se colla contre lui, le visage posé sur son épaule, attentive aux coups de reins qui la labouraient. Elle eut un drôle d'orgasme, très doux, qui la laissa toute molle tandis que Boris se vidait en elle. Il la prit ensuite dans ses bras et l'allongea sur le canapé.

– Ne bouge pas, je trouverai mon chemin tout seul.

– Tu viens de le trouver, Boris. Bonne chance à Strasbourg. Dès que tu verras la couguar, tu m'oublieras. Je mettrai un peu plus de temps à t'effacer de ma mémoire.

Elle ferma les yeux, Boris la porte, et tout reprit son aspect quotidien. Parenthèse ouverte puis refermée. C'est ainsi que vivent les hommes libres, songeait Boris en descendant l'escalier de marbre.

Chapitre VI

Le soir même, puis le lendemain dans les quotidiens du matin, l'affaire avait éclaté au grand jour, soulevant une émotion considérable dans les milieux politiques et dans la société civile. Les gens de droite les mieux disposés y allaient de leurs larmes de crocodile, tandis qu'à gauche on vit se répandre quelques vraies larmes, retentir quelques déclarations d'indéfectible amitié envers le célèbre gardé à vue. « Je le connais, il est incapable de la moindre violence » était la litanie la plus souvent répétée. Il allait se passer quelques jours avant que certains de ses proches ne reconnaissent à Daniel Bouquet un « problème de compulsion » avec les choses du sexe. En sous-main, les mieux placés du parti se préoccupaient déjà d'affûter qui leurs prétentions, qui leur nouvel héros… Même si certains affichaient leur foi en l'avenir politique du député, il n'en était au fond pas un qui ne fût convaincu que cette affaire sonnait le glas des prétentions électorales de Bouquet.

Le jour même de ce vaste étalage médiatique, les trois membres de la BRP arrivaient à Strasbourg. Leur premier geste fut de déposer leurs affaires dans leur hôtel. Quand on est flic, même brillant et même appartenant à une Brigade d'élite, on ne saurait rêver de quatre ou cinq étoiles. Toutefois, l'hôtel que leur avait généreusement alloué leur direction administrative et comptable ne leur déplut pas. Propre, non dénué d'un charme désuet, il portait le joli nom d'hôtel Grillon et se trouvait à quelques pas de la gare, à l'angle de la rue du maire Kuss et de la rue Thiergarten. Il avait un bar attenant et une terrasse en bois.

Comme d'habitude, conférence stratégique fut tenue dans la chambre de Boris. Elle fut rapide tant le plan de bataille s'imposait.

– La première chose à faire nous est recommandée par le double devoir d'information et de politesse. Nous allons nous présenter au commissariat où Daniel Bouquet est toujours en garde à vue ainsi qu'à Jacques Schirweiller, le patron du SRPJ et ami de notre cher Baba.

– Cher, cher… comme tu y vas !

– Silence dans les rangs. Ce n'est qu'après cette double visite que nous déciderons de notre stratégie. Sans oublier que je dois absolument mettre la main sur Eva Lutin.

– Mettre la main, seulement ? fit Géraldine en haussant les sourcils. Attention aux coups de griffe de la couguar !

– En route… Tu en fais une drôle de tête, Mémé, qu'est-ce qu'il y a ?

– Euh, Boris, tu as vu l'heure ?

– Eh bien ?

– C'est l'heure du déjeuner. Et à Strasbourg, c'est sacré, tu sais. Tu ne trouveras personne qui accepte de te parler entre midi et deux heures, sauf devant…

– …une choucroute, hein ? Tu ne perds pas le nord, toi.

– Permets-moi de te corriger : je ne perds pas l'Est.

– Eh bien d'accord, partons à la recherche d'une brasserie. Et marchons un peu, après le TGV je voudrais bien me dégourdir les jambes.

Ils sortirent dans le couloir où une charmante personne chargée de serviettes de bain et de produits de nettoyage leur adressa un sourire éblouissant, qui parut plus particulièrement destiné à Boris.

– Eh bien, souffla Boris, cet hôtel me plaît vraiment.

Brichot lui prit le bras, affichant une mimique affolée.

– Boris je t'en prie. Les femmes de chambre sont très dangereuses. N'y touche pas !

Ils remontèrent la rue du maire Kuss, traversèrent deux bras de l'Ill et suivirent une rue qui les mena bientôt à la place Gutenberg. Brichot s'arrêta net.

– Regarde, Boris, voilà exactement ce qu'il nous faut.

Il désignait, au bord de la place, une brasserie,

« Aux Armes de Strasbourg », dont la couleur typique était indéniable, impression qui se renforça lorsqu'ils entrèrent et prirent une table. Aucune modernité de mauvais aloi ou, au contraire, de restauration « pour faire ancien ». Du naturel, de l'authentique, un bien-être qui les envahit lentement et sûrement tandis qu'assis sur les coussins des banquettes de bois, ils examinaient la carte des réjouissances. Boris s'amusait de l'air épanoui et satisfait de son capitaine.

– Je sais que ça y ressemble Mémé, mais nous ne sommes pas en vacances. Nous sommes au contraire branchés sur une très sale affaire.

– Je t'en prie, commandant, ne nous gâche pas notre plaisir ! Regarde donc notre jeune collègue !

Géraldine à vrai dire arborait la même satisfaction sereine.

– Je me sens vivre, Boris. En paix.

– Mais qu'avez-vous tous les deux ? Une crise de romantisme mou ?

Boris ne tenait pas à avouer qu'il ressentait la même impression. Parenthèse dans le temps.

– Je ne sais pas ce que vous en pensez, vous autres, mais il n'y a pas à se mettre martel en tête. Choucroute maison et bock de bière. Avez-vous remarqué que la bière n'est jamais meilleure que celle bue sur place à l'endroit même où elle a été brassée ?

Ils n'attendirent pas longtemps avant de voir arriver trois superbes choucroutes. Ils reconnurent au chou un taux d'acidité idéal et aux charcuteries un goût de revenez-y assez loin des lois de la diététique. Tout en mordant dans une saucisse, Brichot marmonna :

– La prochaine fois je goûterai à leur baeckeoffe.

– Il n'y a plus qu'à espérer que cette enquête se termine très vite. Sinon, ta Jeannette va te fermer sa porte en jurant qu'elle n'a jamais épousé le bonhomme Michelin.

Une heure et demie plus tard, les trois policiers se présentaient au commissariat central.

– Foutus vautours ! marmonna Brichot en jouant des coudes pour traverser l'épaisse couche des journalistes avec au poing carnets, stylos, magnétos, appareils photos et caméras, massés devant les portes de l'établissement de police.

Ils parvinrent sur le perron où un policier du service d'ordre, la gueule tordue d'un rictus, s'apprêtait à les refouler sans ménagement.

– Sortons nos cartes, ça vaudra mieux. On ne va pas commencer par un incident.

Ils entendirent des exclamations parmi les journalistes :

– C'est des flics !

Puis quelqu'un cria :

– Commandant Corentin !

Boris se retourna et reconnut un journaliste. Ce dernier continuait à la cantonade :

– Eh dites donc, voilà la Mondaine parisienne qui

débarque. Ça va être juteux les gars !

Aussitôt, le mitraillage des clics et des flashes commença, tandis que des questions fusaient ainsi que des interpellations qui, pour n'être pas policières, n'en étaient pas moins péremptoires. « Tous les culots ! » songeait Boris tandis qu'il s'engouffrait dans le commissariat avec ses deux collègues au son d'une dernière exclamation : « Eh ! elle est mignonne la fliquesse, je vais encadrer ma photo d'elle, merde ! »

Ils virent deux hommes s'avancer vers eux, qui se présentèrent l'un comme le commissaire divisionnaire Raoul Meckert, l'autre comme le chef du SRPJ Jacques Schirweiller. De son côté, Boris fit les présentations.

– Désolé de vous accueillir chez moi dans de pareilles conditions, s'excusa Meckert. Vous êtes dans une ville qui a l'habitude des foules, la deuxième ville française de congrès internationaux après Paris, mais je peux vous assurer que nous n'avons jamais été autant sur les dents. J'ai appelé une compagnie de CRS en renfort, on ne sait jamais.

– Une pareille audience ne facilite jamais les enquêtes, j'en conviens, fit Boris. Il se tourna vers Schirweiller :

– Je vous transmets les amitiés du commissaire Badolini.

– Ce cher Baba ! fit le chef du SRPJ. Oui, ajouta-t-il en observant un mouvement de surprise chez ses interlocuteurs, nous l'appelons tous ainsi. Est-ce qu'il fume toujours autant ? Ce sacré bonhomme doit avoir des poumons autonettoyants sinon il serait crevé depuis longtemps. Venez, nous allons nous réfugier dans le bureau du commissaire, nous y serons plus tranquilles pour bavarder.

Comme ils s'avançaient vers l'escalier, ils virent un homme se précipiter vers eux, l'air important, affairé, prétentieux.

– Commandant Corentin, il faut tout faire pour tirer le député de ce mauvais pas. C'est évidemment un piège grossier de ses ennemis politiques.

– Je ne crois pas que nous nous soyons jamais rencontrés, monsieur ?

– Peu importe, moi je vous connais. Je suis Jean Partout, le porte-parole de Daniel Bouquet.

– Je vous en prie, intervint Meckert, le maître des lieux. On vous a dit d'attendre, attendez.

– Je dois voir mon député d'urgence.

– Vous le verrez !

Il l'écarta d'autorité. Ils se retrouvèrent à l'étage dans une pièce spacieuse confortablement meublée. Meckert ouvrit une armoire et servit aussitôt un petit verre d'alcool blanc de mirabelle.

– Vous m'en direz des nouvelles ! Production locale évidemment.

Ils burent en portant un toast, puis Schirweiller, qui menait le jeu, attaqua d'emblée le sujet.

– Comme vous le savez, Daniel Bouquet est entré

hier vers treize heures dans ce commissariat. Il n'en est pas ressorti. Il est en garde à vue et actuellement dans sa cellule, après quelques heures d'un interrogatoire qui reprendra tout à l'heure. Je suppose que vous voudrez le voir, il est à votre disposition, mais je passe la parole à mon collègue qui vous résumera le peu que nous savons à cette heure.

Derrière son bureau, le divisionnaire Raoul Meckert se pencha en avant.

– Le mieux est de suivre l'ordre chronologique : vers onze heures hier, nous avons vu arriver une femme de chambre du Sofitel, Julie Salz. Elle venait porter plainte pour agression sexuelle et tentative de viol. Quand elle nous a annoncé le nom de son agresseur, nous avons immédiatement compris la portée de cette affaire. J'ai d'ailleurs aussitôt appelé Jacques et j'ai mené moi-même un interrogatoire poussé de Julie Salz.

– D'où il ressort ?

– Elle serait entrée dans la chambre pour faire le ménage, la croyant vide de tout occupant. C'est alors qu'elle a vu Daniel Bouquet sortir de la salle de bains, nu sous un peignoir non fermé, avec… avec un sexe en semi-érection. Elle aurait bafouillé, se serait excusée et se serait dirigée vers la porte pour sortir de la pièce. D'après ses dires, elle n'en a pas eu le temps. Il l'a saisie à l'épaule, l'a retournée, a tenté de l'embrasser, s'est emparé de sa main pour la porter sur son sexe en état d'érection. Elle s'est alors dégagée, a couru dans la suite, il l'a rattrapée, l'a jetée sur le lit, lui a écarté les jambes, elle s'est redressée, elle est tombée, elle s'est sentie saisie par la nuque dans une poigne de fer, et elle a été contrainte à une fellation… qui a trouvé son issue naturelle. Après quoi il l'a brusquement relâchée et l'a laissée partir.

Les cinq personnes présentes dans la pièce laissèrent s'installer un silence. Chacun était conscient de l'ampleur des conséquences de cette affaire.

– Et puis ? fit Corentin.

– Et puis, comme on dit, l'action policière a suivi son cours. J'ai demandé à mademoiselle Julie Salz si elle avait dit toute la vérité et si elle était prête à confirmer sa plainte en en signant le procès-verbal. Elle a immédiatement signé. J'ai aussitôt envoyé deux de mes hommes s'enquérir de Daniel Bouquet. Il venait de quitter l'hôtel, départ apparemment non prévu et précipité, mais il avait demandé à ce qu'on livre son bagage à la gare centrale. Nous l'avons retrouvé dans un TGV pour Paris et nous l'avons ramené dans nos locaux où, après interrogatoire, nous l'avons placé en garde à vue.

Un autre silence s'installa, que le capitaine Brichot rompit :

– Revenons à Julie Salz. Y a-t-il eu des examens médicaux ? Et avez-vous déjà des résultats des investigations qui ont dû être menées par vos services dans la chambre du Sofitel ?

– Les premiers examens médicaux montrent non

seulement des rougeurs marquées sur le cou et la nuque de la plaignante mais aussi des traces de griffure. On peut supposer, si les faits étaient avérés par des examens plus précis qui sont en cours, que dans son… dans sa… pulsion, le député a serré violemment le cou de Julie Salz jusqu'à y enfoncer ses ongles et la griffer. Des prélèvements ont été faits sous les ongles de l'accusé. Autre chose : on a recueilli près du lit, sur la moquette, de la matière séchée qui pourrait bien être du sperme. Là encore, il sera facile de vérifier sa provenance avec les examens génétiques habituels.

Boris haussa les épaules.

– Non significatif. Il peut aussi bien prétendre s'être assis au bord du lit et s'être branlé. N'oublions pas : il est dans *sa* chambre.

– Certes, commandant. Mais nous attendons également les résultats d'analyse des prélèvements buccaux que nous avons réalisés sur les muqueuses de la plaignante. Pour l'instant je vous l'accorde, nous ne pouvons conclure.

– Et alors ! persifla Boris. Pardonnez-moi, mais dans le feu… de l'action, n'est-il jamais arrivé à un couple de se malmener, de se griffer, jusqu'au sang, et même de se livrer à des intromissions d'objets qui nécessitaient ensuite une intervention chirurgicale ? Rien de tout cela ne tient devant un tribunal.

– Rien, répondit sèchement le patron du SRPJ, si ce n'est les déclarations sous serment de la plaignante.

– Nous revoici au nœud de l'affaire, intervint Brichot. En réalité, la vraie question est la suivante : quel est le degré de crédibilité de mademoiselle Julie Salz ? Où en est l'enquête de personnalité ? Depuis combien de temps est-elle femme de chambre au Sofitel ? Etc. Vous ne pouvez ignorer que la stature publique de l'accusé nécessite des précautions et des vérifications hors du commun dans le déroulement de cette enquête. Nous ne pouvons a priori exclure la possibilité d'une manœuvre politique de déstabilisation, en cette période pré-électorale où la lutte pour la prochaine présidentielle s'annonce… à couteaux tirés.

En face des membres de la Brigade, il y eut un long et double soupir.

– Bien sûr, capitaine, vous avez raison. C'est le nœud de l'affaire. Nous avons commencé à enquêter en ce sens. Et votre aide à tous trois ne sera pas de trop.

– Venons-en à l'accusé, proposa Boris. Comment est-il ? Quelle est sa version des faits ?

Le divisionnaire Meckert prit la parole après un coup d'œil à son collègue.

– Vous dire qu'il est en forme serait exagéré. Il est extrêmement dépressif. Il n'a pas dormi, il a passé la nuit à marcher dans sa cellule. Inutile de vous préciser qu'il est surveillé sur le plan médical et qu'il est correctement traité. Nous ne sommes pas chez les Ricains, pas de menottes, pas d'images publiques depuis sa garde à vue, qui, si elle se prolonge jusqu'aux limites légales, ne devrait pourtant pas déboucher sur une incarcération. En revanche, tel que c'est parti, la mise en examen est probable.

» Quant à sa version… elle diffère quelque peu de celle de Julie Salz. L'ennui est que la différence est assez impalpable, elle tient dans de subtiles nuances psychologiques, difficiles à apprécier de l'extérieur.

Les trois as de la Brigade relevèrent la tête, intrigués. Géraldine intervint :

– Que voulez-vous dire, commissaire ?

– Eh bien… Disons qu'en gros, Daniel Bouquet reconnaît les faits. Pourtant, il prétend que Julie Salz jouait l'effarouchée. Fort habilement, il en a convenu. Mais, d'après ses dires, « c'était du toc ». Selon lui, si elle avait été en situation d'agressée, si elle avait craint le viol, elle se serait défendue beaucoup plus violemment. Il a trouvé relativement « facile » à mener, l'acte qu'il a commis – qu'il reconnaît. La résistance « affichée » par la femme de chambre lui a paru de nature propre à l'exciter.

– Vous voulez dire que, selon l'accusé, la résistance de la victime avait pour but caché mais réel d'exciter le… partenaire ?

– C'est à peu près ça, commandant.

– Mais… dans quel but ?

– Dans un but évident… si la thèse de la machination se révélait exacte : laisser des traces permettant une accusation.

– Daniel Bouquet s'est-il aperçu tout de suite du « cinéma » dont il accuse la femme de chambre ou bien cela lui est-il venu après, « à la réflexion » ?

– Voyons, lieutenant, fit Meckert en se tournant vers Géraldine. L'accusé ne peut pas dire qu'il serait venu à cette hypothèse *après* les faits, *après* qu'il a été appréhendé par nos services. Si c'était le cas (c'est peut-être le cas !) le simple fait de le reconnaître laisserait supposer que cet homme, *de son propre aveu* !, est capable d'agression sexuelle sinon capable de viol ! Il est forcément tenu de nous dire qu'il s'est *tout de suite* aperçu du « cinéma » de la femme de chambre, comme vous dites, et qu'il s'est donc senti autorisé à poursuivre le jeu.

– Je crois bien, fit Boris, qu'après votre exposé si clair et si instructif, nous sommes tous convaincus au moins d'une chose : nous ne saurons jamais la vérité. C'est parole contre parole… sauf si nous validons une thèse qui est apparue dans notre discussion : la thèse d'un complot, d'une machination. Aussi ai-je envie de vous proposer la stratégie suivante : les équipes strasbourgeoises dont vous êtes les patrons vont continuer de mener une enquête classique, avec tout l'appareil de la police scientifique, sans perdre de vue l'hypothèse du complot bien sûr. Quant à nous, nous allons prendre cette hypothèse comme base de notre travail. Pour la confirmer ou l'infirmer définitivement. Comme il se doit, nous allons enquêter à charge et à décharge, sans préjugés.

Meckert et Schirweiller approuvèrent d'un hochement de tête.

– Cela nous paraît être une bonne méthode. À la condition que nous nous tenions réciproquement au courant, dès qu'un fait nouveau apparaît.

– Cela va sans dire, commissaire, le rassura Corentin. Mais dites-moi… et je commence déjà mon enquête, quelle impression vous a laissée Julie Salz, la femme de chambre ?

Les deux hommes réfléchirent. Schirweiller prit la parole.

– Honnêtement, c'est difficile à dire. Elle nous a paru choquée, les traces de violence sont incontestables, mais, comme vous l'avez dit, non pertinentes. Je vous suggère de reprendre son enquête de personnalité et son histoire. Vous pouvez aller la voir à l'hôpital, au CHRU de la rue Cranach où elle se trouve pour examens complémentaires. À la station Elsau, et j'en profite pour vous suggérer notre tramway, un moyen très agréable de déplacement dans notre ville.

– Autre question, poursuivit Boris. Pendant la déposition de Julie Salz, que s'est-il passé de notable ?

– Rien, commandant. Sur le plan strictement factuel, elle a reçu quelques coups de téléphone sur son mobile. Elle n'a pas répondu à l'un d'eux, elle nous a semblé soudain mal à l'aise mais… il haussa les épaules… que dire de plus… Eh bien, je crois que nous avons fait provisoirement le tour de la question.

Je suppose que vous voulez interroger Daniel Bouquet avant que nous continuions à le faire nous-mêmes. Le commissaire va le sortir de sa cellule et le conduire dans un bureau où on vous laissera seuls tous les trois avec lui.

– Suivez-moi, fit Meckert en se levant.

Ils arpentèrent un long couloir assez sinistre au bout duquel le divisionnaire leur ouvrit une porte. Elle donnait sur un bureau pas moins sinistre, une table, quelques chaises en bois et alu tubulaire qui semblaient sorties d'un collège désaffecté, un plan de Strasbourg délavé au mur, et une seule petite fenêtre haut perchée qui distribuait chichement la lumière d'un jour grisâtre. À moins que ce ne fût la lumière qui, en entrant dans la pièce, prenait cette tonalité déprimante.

– Un planton va vous amener le gardé à vue. Bon courage.

Ils n'attendirent pas longtemps. La porte s'ouvrit. Ils avaient beau s'y attendre, ils eurent un choc en voyant entrer l'un des hommes politiques le plus en vue du moment. Daniel Bouquet arborait des traits tirés, hâve, pas rasé, épaules voûtées, fatigué. Pourtant, le regard sous les lourdes paupières gardait quelque énergie.

Ils lui tendirent la main, l'un après l'autre.

– Asseyez-vous, monsieur Bouquet, l'invita Boris. Et racontez-nous tout simplement votre affaire, même si je sais que vous l'avez déjà fait… et que vous serez invité à le faire encore de nombreuses fois.

– À quel titre enquêtez-vous, madame, messieurs ?

– J'aurais dû immédiatement décliner nos titres et fonctions, excusez-moi. Nous appartenons à la Brigade de Répression du Proxénétisme.

Daniel Bouquet ne put maîtriser un haut-le-corps.

– Mais…

– Ne vous inquiétez pas. Il s'agit tout de même, a priori, d'une affaire de mœurs. D'une relation… qui tourne mal. Je ne voudrais pas mettre la charrue avant les bœufs, mais nous devons mener une enquête sur la personnalité des protagonistes. Et notamment sur celle de Julie Salz, la plaignante. Allez-y, racontez-nous.

Ils écoutèrent le député pendant une bonne heure, posant des questions tour à tour, revenant sur les sujets abordés… routine des interrogatoires qui cherchent toujours à amener l'interrogé à se couper dans ses déclarations. Mais, au bout du compte, ils n'en surent pas plus que ne leur avait appris leur entretien précédent. Le député aux ambitions présidentielles agonisantes maintenait sa version des faits : la femme de chambre « jouait » et lui-même était entré dans le jeu. Les policiers avaient eu… beau jeu d'affirmer qu'à leur connaissance aucune femme de chambre d'aucun hôtel dans le monde ne se fût comportée de la sorte : ou bien elle n'était pas consentante et se débattait réellement. Ou bien elle acceptait la proposition de l'occupant de la chambre, et probablement, dans un certain nombre de cas, contre espèces sonnantes et trébuchantes. Le député l'avait-il payée ?

Le député s'était récrié :

– Jamais de la vie ! D'ailleurs, ce que vous dites est absurde. Si je l'avais payée, elle n'aurait pas porté plainte.

– Croyez-vous qu'elle aurait porté plainte si elle avait réellement « joué » cette scène d'agression ? avait sèchement rétorqué Boris.

Le député s'était pris la tête dans les mains.

– Je suis un peu perdu, j'ai le sentiment d'être dans un cauchemar, d'être victime d'une machination.

Corentin avait fixé le député sans aménité.

– J'imagine difficilement qu'un homme comme vous soit perdu. Au fond, monsieur le député, la situation se résume ainsi : ou bien vous avez agressé cette femme, et elle porte légitimement plainte. Ou bien l'agression est simulée, et dans ce cas la plainte fait partie d'une machination destinée à torpiller votre carrière. Ces deux hypothèses, nous allons les explorer, notamment par des enquêtes de personnalité sur les deux… acteurs de cette histoire. Nous allons fouiller vos passés respectifs. Nous reviendrons vous voir mais si vous avez quelque chose à nous dire…

Le député releva la tête et eut un bref coup d'œil fuyant dans la direction de Géraldine. Boris avait immédiatement compris le sens de ce regard. Il se pencha vers sa collègue et lui murmura quelques mots à l'oreille. Celle-ci se leva et sortit de la pièce.

– Nous sommes entre hommes maintenant, monsieur Bouquet.

– Eh bien… Je suis un homme… comment vous dire… avec certains appétits, et…

– Aucun « appétit » ne vous donne licence de forcer une femme. Et la société est ainsi faite que certaines femmes sont précisément là pour satisfaire ce genre d'appétit, il suffit de les payer.

– Ça m'arrive, commandant. Mais… j'ai aussi vécu quelques moments plus… délicats. Avec une secrétaire… avec une stagiaire… avec une journaliste.

– Nous le savons. Vous avez quelques casseroles, si vous me passez l'expression. Vous avez évité de justesse une plainte pour harcèlement, une autre pour agression. Votre passé ne plaide pas en votre faveur. Rien d'autre ?

– Non.

– Eh bien nous verrons. Nous vous laissons entre les mains de nos collègues.

Les deux hommes sortirent et retrouvèrent Géraldine entourée d'inspecteurs qui se disputaient le plaisir de lui offrir un café. Boris sourit. S'ils savaient qu'ils n'avaient aucune, mais vraiment aucune chance en face de la blonde Danoise Liselotte Faarup ! Il prit Géraldine par le coude.

– Messieurs, je vous l'enlève, nous avons à faire.

C'était un début d'après-midi ensoleillé mais encore froid. Ils tinrent conciliabule sur le trottoir. Il fut décidé que Brichot retournerait dans sa chambre au Grillon rédiger un rapport pour le commissaire Badolini, tandis que Géraldine et Boris se rendraient au CHRU pour cuisiner Julie Salz, la femme de chambre.

– Ça ne va pas manquer de sel ! proféra Brichot. Salz, sel…

– Mon pauvre Mémé. On avait compris.

– Je crois, Boris, que je serai tout aussi bien dans une brasserie que dans ma chambre pour rédiger mon rapport, tu ne crois pas ?

– Mais j'en suis fichtrement persuadé. Tu as déjà une idée ?

– Oh, je vais bien trouver un *winstub* dans la Petite France. C'est la porte à côté.

– Notre Mémé est un vrai guide ambulant, ironisa Géraldine.

Chapitre VII

Fonbeurre rongeait son frein depuis le lobby de l'hôtel Sofitel. Il avait vu le ballet de la flicaille aller et venir dans ses investigations, monter dans les étages ou avaler au bar des litres de café. Il se maudissait de ne pas avoir réagi à temps et tout ça à cause d'une nuit de dingue au cours de laquelle il avait batifolé avec deux filles, deux jumelles allemandes qu'il lui était impossible de distinguer l'une de l'autre. Il les avait trouvées devant la cathédrale et il avait flashé. Lui qu'intéressaient seulement les parties à trois, il n'avait jamais essayé de partir dans les délices de Capoue avec deux fois la même fille. Par ailleurs, Fonbeurre était comme tous ceux qui avaient une longue pratique, quasi exclusive, des professionnelles. On se lassait, et l'on avait envie de goûter de la chair fraîche qui n'appartenait à aucune filière du sexe tarifé.

Il s'était approché d'elles, avec sa belle gueule un peu vulgaire mais avenante, il leur avait parlé, elles avaient fait mine de ne pas comprendre, il avait enchaîné en allemand, avait réussi à les entraîner chez Baumann pour dévorer une montagne de choucroute. Après quoi, il leur avait fait visiter le Parlement, et les filles s'étaient senties importantes. Ils avaient, plus tard dans l'après-midi, dévoré des gâteaux arrosés d'un chocolat viennois. Ça lui avait plu, à Fonbeurre, de voir les deux gamines se barbouiller la bouche de crème chantilly. Des filles qui avaient un tel appétit, c'était de bon augure pour la suite. Il les avait laissées deux ou trois heures pour « préparer la chambre du député », puis il les avait retrouvées le soir et les avait invitées au Crocodile. Le chef qui avait fait la réputation de ce restaurant était parti mais la cuisine restait de qualité. Il n'était pas sûr que les deux jumelles apprécient à leur juste mesure les plats qu'on leur servait. Trop gourmandes. Il les avait fait boire, pas trop, ils avaient fini par un tokay exceptionnel au dessert. Il ne leur avait pas donné un centime, c'eût été répéter des gestes dont il voulait justement sortir, en tout cas momentanément, mais il avait pris soin de payer en liquide, dévoilant ses liasses de billets de banque. Il est vrai que Fonbeurre adorait montrer sa réussite, et pour lui, cela signifiait payer son café au bar avec un billet de cent euros. Il se mettait dans des colères épouvantables quand on lui refusait des billets de deux cents, il n'en demandait plus à son banquier, trop pénible.

Évidemment, les jumelles allemandes avaient fini

dans le lit de l'industriel. Quelle séance ! Elles se frottaient à lui, l'une à sa poitrine, l'autre dans son dos, et ainsi pris en sandwich, il regardait dans le grand miroir de l'armoire, effaré du spectacle. Féérique, c'est ce qu'il se disait : un charme puissant avait dédoublé la fille et il se trouvait dans un conte où il avait tout de suite, au top de sa forme et de son excitation, tenu le rôle de la baguette magique. Les filles inventaient des jeux avec une habileté qui lui eût peut-être fait venir des soupçons sur leur supposée naïveté, mais il avait tout de même quelques verres dans le nez et il était trop occupé de son plaisir pour penser. Entre autres jeux, elles se disputaient, et il avait à peine pénétré Anna (ou Lisa) que Lisa (ou Anna), insultait sa sœur, l'arrachait de son étreinte et prenait sa place en s'emparant de la queue du monsieur et en se la fourrant bien profond. Elles n'étaient d'accord que lorsque l'une s'asseyait sur le membre et l'autre sur la bouche du monsieur et elles montraient leur accord avec un merveilleux enthousiasme en se dévorant mutuellement la bouche. Il avait aussi beaucoup aimé qu'elles s'agenouillent devant lui et qu'elles le sucent tour à tour. Ses yeux passaient alors de l'un à l'autre visage et il se disait qu'il n'avait jamais vu pareil mimétisme. Même les expressions qu'elles avaient étaient semblables, appliquées à des situations semblables.

Dans le cours de la nuit, elles lui avaient demandé s'il n'avait pas des sex toys. Il avait hoché la tête et désigné sa valise, se souvenant que les Allemandes étaient particulièrement friandes de ces objets et leur commerce florissant outre-Rhin.

Anna (ou Lisa) s'était aussitôt jetée sur la valise, en avait extrait un gode de taille respectable, muni de son harnais, se l'était fixé autour des reins et avec un cri de joie avait bondi sur le lit, avait installé sa sœur à genoux et l'avait derechef enculée tout en suppliant Fonbeurre de faire de même avec elle. Puis elle s'était retirée juste avant que l'industriel ne décharge, au comble de l'excitation, et lui avait désigné l'engin qu'elle portait fièrement en avant, les reins cambrés.

– *Willst du kosten ?*[1]

Il avait hoché la tête d'une façon bizarre, ni oui ni non, qui correspondait à son hésitation. À force de les fréquenter, il avait plus ou moins acquis la mentalité des vieux macs, qui ne supportaient même pas l'idée qu'on pût attenter à leur virilité et avoir des comportements de pédé. Mais Anna (ou Lisa) avait interprété le geste de la façon qui lui convenait et d'autorité, elle avait mis l'industriel à genoux, lui avait craché entre les fesses et l'avait pénétré sans coup férir, s'agitant dans ses sphincters tandis qu'elle ordonnait à Lisa (donc c'était bien Anna qui était harnachée) de le sucer. Il n'avait fallu que quelques instants pour que Fonbeurre gicle et lâche des centilitres de foutre dans la gorge de la jumelle. Elle le quitta une fois qu'il eut lâché sa dernière goutte, se redressa, se mit à côté d'Anna qui continuait gaillardement son encu-

1. « Veux-tu goûter ?»

lage et les deux filles – Fonbeurre avait tourné la tête de côté et regardait dans le miroir – et partagea avec sa sœur jumelle le foutre qu'elle avait gardé en bouche. Fonbeurre jouit alors de ce qu'il avait entre les fesses, et qu'Anna continuait de pousser, ses mains griffant les hanches de l'industriel. Il jouit de façon étrange, d'une jouissance inconnue, moins locale finalement que celle de l'éjaculation, une sorte de chaleur qui gagnait ses reins et son dos. Il s'écroula.

Après il ne se souvenait plus de rien. Il avait dû s'endormir comme une bête, au point qu'il ne s'était pas réveillé à temps pour récupérer la micro-caméra de la chambre du député. En revanche, quand il s'était levé, les jumelles avaient disparu. Sur la table basse du coin salon, il avait aperçu son portefeuille, qu'il leur avait tant montré au cours de la journée précédente, vidé de toute sa substance. Elles étaient parties avec combien… au moins deux mille euros, semblait-il. Il s'en foutait. Il gagnait tellement d'argent. Il éclata de rire. Finalement, il avait quand même payé leur prestation ! Il perdit son sourire quand il chercha son mobile iPhone puis sa montre, une ancienne Maurice Lacroix à laquelle il tenait. Il hésita à appeler la police, à faire rechercher les filles puis il renonça. Il n'était pas en situation d'agiter la maréchaussée au moment d'une affaire délicate et d'ailleurs les deux putes, comme il les qualifiait maintenant, avaient déjà dû repasser la frontière, elles étaient loin. Beaucoup plus ennuyeux était la perte du mobile. Certes, il en possédait encore deux autres mais… Y avait-il encore dans la mémoire de l'appareil volé des textos compromettants ? Peut-être. Mais après tout, l'engin était codé, que pouvaient-elles en faire ? Le vendre, voilà tout.

Il regarda autour de lui puis monta une nouvelle fois à l'étage où le député avait occupé la chambre. La flicaille était absente, momentanément peut-être, c'était l'heure du déjeuner, mais les scellés étaient mis. Il pesta. Comment faire ? Il avisa une femme de chambre qui passait.

– Madame, désolé de vous déranger. Il lui fit un clin d'œil qui se voulait de connivence. Y a moyen de rentrer dans cette chambre ?

Elle le dévisagea, craintive et offusquée. Il ne lui laissa pas le temps de parler, de s'enfoncer dans sa crainte.

– Voyons, je fais mon métier, comme vous faites le vôtre. Je suis journaliste et je dois absolument ramener un papier qui sorte de l'ordinaire, je dois me mettre dans les… petits papiers de mon patron, vous comprenez cela ? Alors, juste rentrer dans la chambre, juste pour l'atmosphère… Je suis sûr que vous connaissez un moyen d'entrer sans briser les scellés, on n'y touche pas… je ne sais pas… la chambre à côté par exemple, une porte de communication entre les deux… vous aurez bien une idée.

La femme de chambre avait les yeux ronds, fixés

sur la main de Fonbeurre dont les doigts faisaient craquer au moins trois ou quatre billets de cent euros. Il la vit ciller, le regarder encore une fois dans les yeux, moins apeurée, déjà avide. Il comprit qu'elle était à point et poussa son avantage. Il lui fourra carrément les billets dans la main et prit l'expression d'un enfant qui supplie pour un cadeau.

– Allez…

Elle murmura.

– Il y a le balcon. Par la chambre voisine.

– Le balcon ? Mais…

– Il est sur cour.

Fonbeurre n'hésita qu'un instant.

– Allons-y.

Il la suivit dans la chambre vide. Elle alla lui ouvrir une fenêtre. Il se pencha, constata que l'opération était assez facile mais…

– C'est bien joli mais est-ce que la fenêtre là-bas est ouverte ?

La femme de chambre tournait des yeux inquiets vers la porte et commençait à s'affoler.

– Essayez mais dépêchez-vous !

Il y alla, passa sur l'autre balcon et poussa de toutes ses forces contre la porte-fenêtre. À sa grande surprise, elle s'ouvrit. C'était un coup de chance inespéré. Mais quand il fut passé dans la chambre il poussa un effroyable juron. La petite merveille de technologie qu'il avait placée deux jours auparavant dans un coin du plafond, entre deux saillies en stuc, n'était plus en place. Il retourna rapidement sur ses pas et sortit en trombe de la chambre, laissant la femme de chambre les bras ballants.

Il redescendit dans le lobby de l'hôtel, désemparé. Il fallait appeler le Velu d'urgence. Il l'eut au bout du fil très vite, l'autre devait attendre.

– Fonbeurre à l'appareil.

– Enfin ! Qu'est-ce que tu fous !

Soudain Fonbeurre se sentait comme un petit garçon. Tant que les choses tournaient rond, il était le premier à agir et quoiqu'il le fît en plastronnant, il était efficace. En revanche, quand un grain de sable se mettait dans les rouages, il se rendait compte à quel point il n'était pas un homme de terrain et dans ces circonstances, le Velu, qu'il tenait pour quantité négligeable et qu'il méprisait en secret, devenait l'homme de la situation, le patron.

– Il y a un os, le Velu ! La caméra a disparu.

Un silence, puis la voix de rogomme du mac :

– Répète un peu, pour voir…

– Je te dis qu'il n'y a plus de caméra. Quelqu'un l'a prise.

– La police ?

– Comment veux-tu que je le sache ? Peut-être. Et peut-être pas. Pourquoi la police regarderait-elle au plafond et distinguerait-elle une petite chose blanche entre deux reliefs de stuc blanc. On trouve ce qu'on cherche.

– Qui savait, pour la caméra ?

– Julie Salz, c'est tout.

– Julie… et toi ! fit suavement le Velu.

– Georges !

C'était rare qu'on appelât le Velu par son prénom.

– Julie… et toi, répéta le mac. Tu n'es pas en train de nous entourlouper, Fonbeurre ?

– Mais quel serait mon intérêt, bon sang ?

– Oh l'intérêt, l'intérêt… Il y en a tellement qui sont en jeu dans cette affaire. Tu trahis bien ton député. Qui trahit une fois trahit toujours.

– Mais tu deviens parano, le Velu ! Je te jure que la caméra n'y est plus.

– Alors, si l'on élimine provisoirement l'hypothèse des flics, il reste Julie Salz, n'est-ce pas ? Trouve-la et ramène-la-moi pour une petite discussion.

– Tu te rends compte de ce que tu me demandes ? Elle est devenue le point de mire de toute la France, elle est entre les mains de médecins et sous surveillance de la police comme témoin principal et tu veux que je te l'amène, que je lui fasse passer la frontière ?

– La frontière, c'est une passoire mais tu as raison. Je vais peut-être venir moi-même. Mes filles de la Villa Marantz se débrouilleront toutes seules avec Martha. En attendant tu vas te démener, va voir le type de la sécurité du Sofitel. Ils doivent avoir des caméras tout ce qu'il y a d'officiel dans les couloirs et les pièces communes de l'hôtel. Fais-toi passer les films, trouve-moi quelque chose, merde ! Tu ne dis rien ?

– C'est que… tout ça fait du remue-ménage. J'ai déjà soudoyé une femme de chambre. On commence à laisser beaucoup de traces dans un plan qui au départ était nickel.

– Tiens donc, il t'arrive parfois de réfléchir ? Aucun plan n'est nickel ! Mais une bonne équipe réagit aux impondérables. Je le sais bien, bordel, qu'on laisse des traces mais comment faire autrement ? Il faut avancer.

– Ça va coûter cher…

– Je m'en fous. Tu payes et tu la boucles. Tu ne crois tout de même pas que tu vas faire pleurer dans les chaumières ? Si tout marche comme on le souhaite, tu n'auras pas à te plaindre que je sache !

Le Velu raccrocha brutalement, laissant Fonbeurre songeur. Il jouait une partie difficile mais qui allait lui rapporter gros. Il se souvenait du premier contact qu'il avait eu avec Ixe. Il n'avait jamais su et ne saurait sans doute jamais son nom. Il supposait simplement que Ixe appartenait à un service de renseignements, à un cabinet noir de la République, à une confrérie politique dans l'ombre du pouvoir, qui maniait le secret comme le forgeron son enclume. Au reste il s'en foutait. Ixe lui avait demandé d'imaginer un moyen de déboulonner définitivement Daniel Bouquet de son piédestal. « Une vraie affaire de mœurs par exemple » avait suggéré Ixe. En contrepartie, Fonbeurre deviendrait un intermédiaire clé du futur pouvoir, une fois les élections gagnées par la droite. Un intermédiaire qui serait au cœur des négociations de contrats à l'étranger pour la construction et les équipements. Et peut-être bien, plus tard, un portefeuille de ministre.

Pendant six mois, Fonbeurre, avec l'aide du Velu, avait monté l'affaire. Il leur avait fallu trouver un homme « dans la place », pour connaître au jour le jour les déplacements du député du PRU et jusqu'au nom de ses hôtels et au numéro de ses chambres. Ils avaient trouvé cet homme en la personne de Morlax, le chargé des relations avec le Parlement européen dans le cabinet de Daniel Bouquet. Ça leur avait coûté cher. Le salaud avait exigé l'obtention d'un permis de construire près de Ramatuelle, et la prise en charge par des sociétés écran d'une partie des travaux de construction de sa villa. Mais, avait dit le Velu, « on n'a rien sans rien », et il avait ajouté d'une manière plutôt sibylline : « Il ne perd rien pour attendre… »

Le Velu avait ensuite trouvé parmi les professionnelles qu'il fournissait à droite et à gauche cette Julie Salz. Lorsqu'elle n'était pas à l'horizontale pour satisfaire ses clients, on était sûr de la trouver dans quelque cours de théâtre, sa passion. Probable qu'elle mettait aussi ses talents au service de sa clientèle, car il se murmurait qu'elle savait mieux qu'aucune autre pute prendre son pied. Son festival de gémissements comme sa manière de se tordre sur sa couche flattaient drôlement le bonhomme qui monnayait ses charmes. Chacun se croyait le roi, chacun se rengorgeait, chacun revenait, chacun se disait qu'il avait, lui, réussi à faire jouir une pute quand on sait que les putes ne jouissent jamais avec ceux qui les payent. C'était donc cette jolie brune que le Velu avait fournie et que Fonbeurre avait réussi à faire engager par le Sofitel de Strasbourg. Faux curriculum vitae, faux certificats de précédents employeurs, la direction de l'hôtel n'y avait vu que du feu. Désormais, le piège était en place et tout avait bien fonctionné, chacun avait fait sa part du travail.

Et maintenant, patatras, la caméra avait disparu. Fonbeurre alla au bar se faire servir un double scotch avant de se mettre à la recherche du chef de la Sécurité de l'hôtel. Auparavant, il avait pris au distributeur un petit millier d'euros, de quoi, espérait-il, se gagner les faveurs d'un bonhomme qu'il connaissait bien pour avoir plusieurs fois travaillé avec lui ou lui avoir fourni de quoi satisfaire ses fantasmes. C'était fou le nombre de gens qu'on pouvait se mettre dans la poche rien qu'en leur faisant miroiter des occasions de jouir plus fort avec des beautés qu'en temps ordinaire ils n'eussent même pas pu rêver de mettre dans leur lit.

Il avait fait demander l'homme à l'accueil et ce dernier vint bientôt le rejoindre dans un coin du lobby. Rémy Hildorf était un homme à la puissante carrure, aux traits accusés mais avec quelque chose de veule dans le bas du visage. Il s'assit en face de

Fonbeurre dans le profond fauteuil de cuir et le dévisagea avec circonspection. Fonbeurre nota qu'il avait les yeux enfoncés dans les orbites, les paupières lourdes et le regard un peu vague de celui qui n'a pas beaucoup dormi les dernières quarante-huit heures.

– Ça va ?

– Oui. Je n'ai pas beaucoup de temps. La sécurité est sur les dents et vous comprendrez pourquoi.

Hildorf n'était pas dans la machination, mais il n'était pas né de la dernière pluie. Il avait noté quelques bizarreries tous ces derniers jours, à fouiner partout dans les aîtres de l'hôtel comme le lui autorisait sa fonction. Toute cette histoire lui semblait aussi louche qu'un fort strabisme divergent, et Fonbeurre le sentait sur la réserve.

– Ça se passe bien avec les flics ?

– Ce sont des emmerdeurs.

– Si c'est vous qui le dites… Fonbeurre n'y alla pas par quatre chemins : J'ai besoin de visionner les bandes des caméras de surveillance, disons celles de l'avant-veille entre cinq heures et onze heures du matin.

Le visage de Hildorf demeura impassible.

– Pourquoi ?

– Mieux vaut que vous ne le sachiez pas. Mais ce que je vous demande ne mange pas de pain. Montrer quelques images à un amateur d'images n'a jamais été un crime. On doit pouvoir accéder facilement à un pareil désir.

– Sauf que la police a réquisitionné les bandes pour son enquête, ça ne vous étonnera pas je suppose.

Fonbeurre essayait de comprendre le personnage en face de lui, bizarre composé de prudence et… et quoi… d'attente ? C'était un ancien flic, comme beaucoup de chefs de la sécurité de boîtes privées. Il connaissait les procédures d'investigations. Il devait savoir que la première chose que ses collègues en activité demanderaient, ce serait ces bandes de surveillance.

L'industriel se pencha en avant.

– Je ne vous demande pas les bandes réquisitionnées pour les besoins de l'enquête. Je vous demande de jeter un œil sur les copies que vous avez faites.

C'était un coup de poker. Du bluff. Hildorf le contemplait sans réagir, le visage affichant toujours une imperturbable neutralité.

– D'accord, fit Fonbeurre.

Il regarda autour de lui, sortit une enveloppe blanche de la poche intérieure de sa veste et la déposa au milieu de la table basse, entre eux deux, à mi-distance. Il vit le regard du chef de la sécurité se poser dessus.

– Mille, compléta Fonbeurre.

Hildorf haussa les épaules et ne pipa mot. Fonbeurre songeait que cette affaire commençait à lui coûter vraiment cher.

– Combien ? murmura-t-il froidement.

Hildorf bougea légèrement les mains. Il les avait

ouvertes, tous les doigts écartés. Fonbeurre toussa.

– Dix mille ? Tu ne te foutrais pas de moi ?

Le chef de la sécurité consentit à lâcher quelques mots.

– C'est la crise !

– Pour ce prix-là, rétorqua Fonbeurre, je garde les bandes.

Mais Hildorf secoua négativement la tête.

– Vous voulez dire que j'ai juste le droit d'y jeter un œil ?

Hildorf hocha la tête, cette fois de bas en haut. Fonbeurre fut soudain frappé de leur conversation. À aucun moment, Hildorf n'avait lâché un mot qui pût plus tard l'incriminer.

Ça avait dû être un sacré flic mais où est-ce qu'il se croyait ? Au cinéma ? Avec en face de lui un Fonbeurre la poitrine bardée de micros enregistreurs ?

– Je n'ai pas dix mille euros sur moi.

L'autre se contenta de lever les bras au ciel.

– D'accord, fit l'industriel, accompagnez-moi dans ma chambre, j'y ai un coffre-fort.

Ils se levèrent et Hildorf eut un curieux mouvement de menton vers la table basse. Ce fut Fonbeurre qui fut obligé de récupérer l'enveloppe blanche et les mille euros qu'elle contenait.

– Je n'ai jamais vu un type aussi prudent que vous. Aussi prudent ou aussi parano !

Il bouillait de rage rentrée. L'un derrière l'autre, ils gagnèrent la suite qu'il occupait, où planait encore le souvenir des deux jumelles. L'industriel déverrouilla le coffre et compta neuf mille euros qui vinrent s'ajouter à ceux de l'enveloppe qui avait enfin changé de main.

– Et maintenant ? fit l'industriel.

Hildorf désigna l'ordinateur dont été équipées certaines suites.

– J'ai les bandes sur moi. Vous allez pouvoir les visionner tout de suite sur cet engin.

Fonbeurre ne put s'empêcher d'avoir un regard admiratif pour l'ancien flic.

– O.K. je m'incline. C'est du professionnalisme ou je ne m'y connais pas. Alors allons jusqu'au bout : on a des heures de bandes à visionner. Mais je suis sûr que vous l'avez fait avant moi, et que vous avez repéré les seules quelques minutes intéressantes. Alors faites-moi gagner du temps, allons-y direct, c'est inclus dans mes dix mille euros, et ça ne souffre pas de discussion.

Le chef de la sécurité sourit, sortit une clé USB de sa poche et l'engagea dans le flanc du Sony. Puis il se redressa et observa froidement Fonbeurre.

– Enlevez votre veste et votre chemise, s'il vous plaît.

Fonbeurre le regarda avec stupéfaction.

– Je ne mange pas de ce pain-là, cher ami. J'aime trop les femmes, surtout lorsqu'elles vont par deux.

– Vous m'avez très bien compris. Je dois faire quelques commentaires sur ce que nous allons voir.

– Je l'avais deviné, vous êtes complètement parano, Hildorf !

– Peut-être, mais de ma vie je ne me suis laissé surprendre. Et pourquoi à votre avis ?

– Oui… la paranoïa comme moyen de survie. Vous êtes un hyper-adapté, mais c'est un bon moyen de devenir fou. Le cercle vicieux parfait.

Fonbeurre se déboutanna de très mauvaises grâce. Quand le chef de la sécurité fut sûr qu'il n'y avait pas d'entourloupe, il sourit de toutes ses dents qu'il avait encore fort blanches.

– Ça me pesait de ne pas pouvoir parler. Vous savez, dans le fond, je suis un bavard invétéré. Avec mon métier, j'accumule énormément de frustrations.

– Elles vous rapportent pas mal, à ce que je vois. Allons-y !

Après quelques manipulations, les premières images commencèrent à se dérouler. Oubliant tout le reste, l'industriel les regarda dans une tension extrême.

– Faites attention, Fonbeurre, voici la première séquence sélectionnée, regardez, datée de une heure cinquante-sept du matin, il y a deux jours.

On y voyait l'un des longs couloirs qui desservaient les chambres à tous les étages. Puis quelque chose bougea vers le milieu du couloir, une porte qui s'ouvrait, une silhouette qui la referma et commença à s'avancer, vers la caméra.

– C'est la porte de la chambre du député.

Fonbeurre haussa les épaules en reconnaissant Eva Lutin. Il savait qu'elle avait passé la nuit, avec Bouquet.

– Jusqu'à présent, Hildorf, vous me faites perdre beaucoup d'argent.

Le chef de la sécurité n'ouvrit la bouche qu'avec l'arrivée de la deuxième séquence. Même plan du couloir que précédemment, même porte qui s'ouvrait. Une silhouette hésitante en sortit, presque en vacillant, comme prise de malaise, la porte qui claquait derrière elle…

– Julie Salz sort de la chambre une première fois, il est dix heures trois du matin.

– « Une première fois » ? C'est-à-dire ?

– Regardez plutôt, ça devient intéressant. En tout cas, moi ça m'intrigue, et ça va beaucoup intriguer mes collègues. Le plan qui suit explique pourquoi je vous ai demandé dix mille euros. Et encore, vu les proportions que va prendre l'affaire, c'est une vraie fleur que je vous fais.

– Tu parles d'une fleur. Si je ne suis pas satisfait, Hildorf, c'est un chrysanthème que je vous offrirai bientôt.

Mais les images continuaient leur course. Fonbeurre vit Julie Salz amorcer quelques pas vers la caméra puis soudain, perdre cette attitude de malheureuse blessée par la vie qu'elle avait adoptée en sortie de chambre, se redresser en quelques secondes et marcher d'un pas alerte, le visage dur et ironique, puis passer sous la caméra et disparaître du champ.

Hildorf regardait attentivement Fonbeurre. Mais ce dernier, contrairement à Julie Salz, n'avait jamais fait de théâtre. Il n'avait évidemment aucune raison de s'étonner de l'attitude de la femme de chambre, lui qui avait monté toute la machination avec l'aide de Morlax. Sous le regard acéré du chef de la sécurité du Sofitel, il essaya assez piteusement de s'exclamer, de s'intriguer, mais il n'aurait certainement jamais franchi le premier barrage des épreuves d'admission aux cours Simon.

– Vous avez une explication.

C'était une affirmation plus qu'une question.

– Non. Mêlez-vous de ce qui vous regarde, Hildorf, et continuons, je n'ai pas toute la vie devant moi.

En son for intérieur, Fonbeurre se jura de faire passer un mauvais quart d'heure à Julie Salz. Cette garce se croyait fortiche, et elle avait failli à l'une des règles élémentaires de la comédie : au théâtre, on reste dans son jeu jusqu'à ce que les coulisses vous aient définitivement avalé. La moindre tension qui se relâche *avant*, se voit comme le nez au milieu de la figure. Cette conne avait pris le couloir de l'hôtel pour les coulisses. Malheureusement, elle n'avait pas songé aux caméras. Cela dit, était-ce vraiment dangereux ? Un bon avocat pouvait toujours prétendre qu'elle se redresssait et retrouvait son allant parce qu'elle avait décidé de ne pas se laisser faire et de porter plainte. Étonnant, encore une fois, la palette des interprétations possibles d'un comportement humain. Que les choses étaient donc instables, fragiles, ambiguës…

– Séquence suivante, annonça Hildorf tel un monsieur Loyal. Dix heures trente et une.

La porte d'une chambre vouée désormais à la célébrité s'ouvrit encore et les deux hommes observèrent Daniel Bouquet s'avancer dans le couloir, le visage préoccupé. Bon… Rien à dire…

– Dernière séquence. 10 heures 40.

Fonbeurre vit une silhouette s'avancer de dos dans le couloir. Il reconnut Julie Salz. Cette dernière ouvrit la porte de la chambre avec son passe et la referma. Hildorf pressa une touche et les images s'accélérèrent jusqu'à 10 heures 47. Après quoi, le film ayant repris son déroulement normal, les deux hommes virent Julie Salz sortir de la chambre et revenir vers la caméra de surveillance. Le dos d'une femme s'inscrivit sur l'écran. Au moment de se croiser, elles se bousculèrent et la femme lâcha son sac à main qui tomba par terre en s'ouvrant. À sa mimique, on comprit que Julie Salz s'excusait. Le profil de l'autre apparut, c'était bien Eva Lutin qu'avait reconnue Fonbeurre. La femme de chambre s'était baissée et ramassait les objets épars sur la moquette du couloir. Les deux femmes se séparèrent.

– Repassez-moi le moment où Julie Salz se baisse

et ramasse les objets. Vous arrêterez sur image et vous zoomerez.

Hildorf effectua la manœuvre, mais ce fut en pure perte. La scène devenait floue, la caméra utilisée n'était pas le top du top et sa définition laissait à désirer.

Fonbeurre haussa les épaules.

– C'est bon Hildorf, disparaissez.

Quand le chef de la sécurité du Sofitel eut quitté les lieux, Fonbeurre prit le temps de la réflexion. Ce n'était pas flagrant mais il supposait que Julie Salz s'était débrouillée pour fourrer la mini-caméra dans le sac d'Eva Lutin. De toute façon, les deux femmes se connaissaient pour avoir travaillé ensemble sur les sollicitations du Velu. Si elles avaient fait semblant de ne pas se connaître, c'était par prudence, en cas d'éventuel témoin. Oui, plus il réfléchissait, plus il se persuadait que le film des événements dans la chambre du député était maintenant entre les mains de la couguar. Mais qu'est-ce qu'elle allait en faire ? Il était temps d'appeler le Velu et de faire le point.

CHAPITRE VIII

À 26 kilomètres de Strasbourg se trouve Haguenau, qui a titre de sous-préfecture, une ville typiquement alsacienne, avec ses maisons à colombage, au bord d'une forêt que l'on dit sacrée pour sa ceinture de monastères. Son lieu le plus célèbre est Notre-Dame de Marienthal, avec son pèlerinage marial.

Si l'on se rapproche du centre et que l'on se trouve place de la basilique, on peut découvrir l'Ermitage, un charmant hôtel de proportions modestes. Certaines de ses chambres sont mansardées, l'une d'elles offre une jolie vue sur le clocher de l'église Saint-Georges, sans doute bâtie dans le même grès rose que la cathédrale de Strasbourg.

Si l'on pouvait entrer dans cette chambre, actuellement occupée, on pourrait y voir une superbe jeune femme, propre à hanter les rêves ou les fantasmes de plus d'un homme, malgré son opulente chevelure pour l'heure domestiquée, voire contrainte sous le double effet d'un élastique et d'un foulard.

D'ailleurs, voici que devant le miroir de la petite salle de bains, la jeune femme hoche la tête, arrache le foulard et l'élastique. Sa chevelure rousse se répand sur ses épaules. Elle se déshabille. Les seins apparaissent, orgueilleux, pointés en avant, mais avec cette souplesse et cette légère pression de leur propre poids sur le thorax qui trahissent leur authenticité. Le regard peut descendre sur le ventre plat et se fixer sur les mains qui maintenant font glisser la petite culotte de dentelle mauve le long de jambes à la fois fortes et élancées. L'une des jambes se soulève, gracieusement, et le léger vêtement passe la frontière de la cheville, accroche un orteil… l'autre jambe se soulève à son tour, la culotte fait un petit tas de douceurs et de promesses sur le carrelage et attire l'œil, qui saisit alors le mouvement des pieds et des jambes. Elles enjambent le bord de la baignoire. L'eau commence à gicler du pommeau de la douche et des rigoles se créent le long du corps, qui accrochent la lumière. Puis les mains passent un morceau de savon sur la peau, comme si elles voulaient n'en laisser échapper aucune parcelle. Les deux mains travaillent en symbiose et le dos se penche en avant. Les fesses s'offrent et sous elles, dans l'entrejambe, des lèvres apparaissent que les doigts couverts de mousse savonneuse s'appliquent à effleurer. Un instant la main hésite puis abandonne la bouche adorable et remonte vers le pubis. Un flot d'eau chaude entraîne alors la mousse dans le fond de la baignoire tandis que le corps tout entier se redresse et renaît, splendide, offert à la grande serviette de bain qui le sèche avant de l'entourer comme un vêtement, serré à la naissance des seins.

Dans cet appareil, la jeune beauté retourne dans la chambre et s'assied à une petite table où se trouve un ordinateur portable. Dans son sac à main, elle pêche un objet blanc dont elle extrait une clé USB qu'elle engage dans son logement, sur le côté de son PC. Un film se met à défiler, que la jeune femme regarde attentivement. Si vous vous trouvez derrière cette jeune femme, posez donc vos mains sur ses épaules, penchez-vous et regardez avec elle : vous y reconnaîtrez un homme politique célèbre qui se jette sur une femme de chambre. Une scène s'ensuit, qui vous laissera sans doute perplexe. Mais soudain, les épaules de la jeune femme rousse, absorbée – plus que vous sans doute – dans son visionnage, se mettent à tressauter sous l'effet d'un grand rire, un vrai éclat de rire, plein de vitalité. Un détail du film a sans doute provoqué cette hilarité si franche et spontanée, un détail important et certainement comique que vous n'avez peut-être pas vu, vous n'êtes pas assez attentif…

Eva Lutin se remit de son rire et devint grave soudain. « Une bombe ! Ce film est une bombe ! » Elle sortit la clé USB de son logement et chercha un emplacement où la dissimuler. Finalement, elle déroula quelques centimètres d'un rouleau de scotch et la fixa sous le plancher de l'une des tables de nuit à la tête du lit. Puis elle s'allongea et se mit à réfléchir.

Elle était dans une position pour le moins délicate, elle le savait, et avait pris les devants en venant se cacher, provisoirement, dans cet hôtel où personne ne viendrait la chercher. Elle se rappelait comment tout avait commencé. Julie Salz et elle se connaissaient depuis longtemps, depuis que, envoyées par le Velu, elles avaient « animé », avec quelques autres filles, une réunion secrète de quelques magnats de l'acier. S'occupant ensemble de l'un d'eux, elles avaient sympathisé au point de trouver quelque plaisir à se caresser mutuellement, sur les ordres du milliardaire, avachi dans son fauteuil et déjà bien essoré par les filles.

Depuis, elles s'accordaient quelques récréations lorsque les hasards de leurs déplacements les mettaient de nouveau en présence. Un jour, comme l'un de leurs riches clients s'était révélé un peu… faible à la tâche, et qu'il s'était endormi sur le lit, terrassé, il faut bien le dire, par l'alcool plus que par la force de ses prestations sexuelles, les deux filles l'avaient poussé sur le bord du lit et Julie, prenant l'initiative, avait couché sa récente amie sur les draps avant de lui écarter les jambes et de plonger sa langue entre les lèvres gonflées de la jeune femme.

Cependant, Eva Lutin n'avait pas tardé à serrer les cuisses contre les joues de Julie, si fort qu'elle en étouffait et commençait à se débattre. Eva avait desserré son étreinte. Furieuse, Julie s'était redressée, avait rampé sur le corps de la rousse et ouvrait la bouche pour lui dire son fait lorsqu'elle s'était heurtée au regard glacial et impérieux d'Eva Lutin. Ça avait été un choc pour la jolie brune. Elle s'était sentie devenir toute molle tandis qu'Eva, posant ses mains sur ses reins, les avait remontées jusqu'aux épaules, griffes sorties. Julie avait été parcourue d'une vague de frissons qui ne cessait pas, qui se renouvelait, elle s'était sentie couler abondamment sur le pubis de la rousse, s'était souvenue du surnom d'Eva, « la couguar », et dans l'instant avait décidé de faire don d'elle-même à cette fille, à sa force et à sa volonté.

Eva l'avait deviné à l'abandon soudain et total du corps de Julie qui pesait sur elle. Elle s'était dégagée de sous elle, l'avait chevauchée, lui avait percé l'œillet brun qui se nichait tout plissé entre les fesses avec trois de ses doigts et de l'autre main pincé sauvagement les tétons. Après quoi, tout en s'activant entre ses fesses avec des doigts entrés en frénésie, elle lui avait tiré les cheveux en arrière, cassant presque la nuque dans laquelle ses dents fourrageaient et mordaient jusqu'au lobe des oreilles. Julie n'avait plus été que concert de gémissements et d'orgasmes, au point que leur client s'était réveillé et, agenouillé sur le bord du lit près des filles, contemplait avec une joie sans borne son sexe en bâton de maréchal qui pointait entre ses cuisses grasses, sa tête congestionnée et violacée, son gland gonflé.

– Eh dites donc les filles, et moi ?

Tandis que Julie était enfoncée dans sa jouissance, Eva avait regardé leur client. On pouvait tout dire d'elle, sauf qu'elle manquait de conscience professionnelle. Après tout, le client avait payé sa nuit, elle lui coûtait même fort cher. Elle lui avait dit :

– Viens te mettre face à moi, au-dessus de Julie.

Le magnat de l'acier avait obéi avec empressement et tout de suite, il comprit que ça allait être son heure, sa fête, l'un de ces plaisirs qu'on n'oublie pas. Car ses couilles, qui reposaient sur la nuque de Julie, étaient si délicieusement chatouillées, caressées, par le duvet des cheveux bruns qu'il commença inconsciemment à s'y frotter. Son érection prit devant son regard ahuri des proportions jusque-là inconnues de lui, le membre d'acier dont il rêvait, tandis qu'Eva Lutin s'emparait de cette verge en gloire, la parcourait de sa main, frottait le gland puis se penchait et la prenait en bouche, l'enveloppant de sa langue qui se mit à frétiller au même rythme que ses doigts dans le cul de Julie.

– Bon Dieu !

C'était un cri non pas du cœur mais du corps, de la part de l'industriel qui sentait la montée inéluctable du foutre, une sensation venue de plus loin que son sexe, du fond du ventre. Il se lâcha dans la bouche d'Eva, cria, crut entendre en écho les cris de plaisir étouffés de Julie, des cris qui semblaient venir de sous son appareil génital qui se déversait encore. Puis il comprit que les cris de la jeune brune étaient vraiment les cris de quelqu'un qui s'étouffait. Dans son plaisir, il s'était laissé aller à s'asseoir, à peser sur elle, les couilles compressées sur la nuque de la jeune femme qui ne pouvait plus respirer. Il atteignit alors le comble du plaisir, avant de se soulever. Plus tard, il préférerait ne pas trop réfléchir sur ce phénomène. Certaines expériences vous poussent au-delà de certaines frontières, où règne une terrible obscurité.

Ce fut peut-être pour cette raison qu'en partant, il laissa aux deux jeunes femmes une liasse de billets qui les laissa sans voix.

En tout cas, ce fut ce jour-là qu'Eva put compter sur Julie comme sur une fille qui lui serait, non pas peut-être complètement soumise, car Julie Salz était loin d'être dépourvue de personnalité, mais entièrement dévouée.

L'étrange amitié de ces deux femmes n'avait fait que se renforcer au cours des mois, une amitié amoureuse qu'elles gardaient jalousement secrète, au point qu'aucune des filles du métier ne la soupçonnait.

Un jour, sur l'oreiller, alors qu'elles sommeillaient, nues l'une contre l'autre, après l'heure de folie que Julie avait passée entre les mains de la couguar, la brune s'était soulevée sur un coude et avait contemplé Eva, la main sur l'un de ses seins.

– Toi, tu as quelque chose à me dire !

Julie avait hoché la tête.

– J'ai trouvé un travail de femme de chambre.

À quoi Eva avait sobrement rétorqué :

– Tu es folle ?

Julie lui avait alors raconté une histoire à peine croyable. Comment elle avait été un jour convoquée dans le bureau du Velu, à Baden Baden, ce Velu qui leur faisait tout de même gagner beaucoup d'argent avec les riches clients qu'il leur fournissait. Le maquereau de haut vol lui avait expliqué qu'il s'agissait de faire plonger un homme politique, Daniel Bouquet, en l'attirant dans un piège. Profiter de son addiction au sexe pour lui faire commettre un geste qui lui coûterait sa réputation. Si on l'avait choisie, elle, Julie Salz, c'est parce qu'on savait qu'elle prenait depuis longtemps des cours de comédie, et qu'elle allait devoir faire ses preuves… sur le vif. Être crédible dans le rôle d'une femme de chambre et l'être également par la suite, avec le sacré bingtz qui allait suivre. Des gens bien placés se chargeraient de la faire engager par le Sofitel, qui ignorerait tout de la combine, et elle recevrait ses instructions par des voies diverses mais secrètes et sans traces.

Quand Julie eut fini d'exposer tous les détails de l'affaire, Eva l'avait regardée comme on regarde une crotte de chien au beau milieu d'un trottoir. Elle lui avait dit, glaciale :

– Tu es fière de toi ?

– Que veux-tu dire ?

– Ma pauvre fille, tu n'as pas plus de morale qu'une chatte en chaleur. On te donne combien pour cette saloperie ?

– Beaucoup mais… ce n'est pas pour l'argent, c'est… Mais qu'est-ce que tu as à la fin !

– Écoute-moi, nous nous servons de notre corps pour gagner notre vie. Mais ça, c'est un truc qui échappe à la morale. Y a pas de jugement possible là-dessus, contrairement à ce que peuvent croire les bourgeois, les hypocrites, les cathos et autres confits en religion. En revanche, faire la pute… oh ne fais pas semblant d'être choquée… je dis que faire la pute ne nous autorise pas à nous comporter comme des salopes.

Julie Salz avait pâli sous la dure leçon de son amie, d'autant plus qu'elle la sentait justifiée, frappée au coin du bon sens.

Eva s'était soulevée sur un coude et avait passé un doigt léger sur les seins et le ventre de Julie.

– Au fond, je sais pourquoi tu t'es engagée dans cette merde. Tu n'as pas assez réfléchi, comme toujours, et tu t'es laissé avoir par le côté théâtral de la chose, n'est-ce pas ? L'idée de jouer une pareille comédie dans la réalité, et non pas sur une scène de théâtre, t'a fascinée, je me trompe ?

– Non, avait répondu Julie. Le fric… il y en a beaucoup à la clé, mais je m'en fous, je n'en ai pas besoin. Si tu veux, je laisse tout tomber, tout de suite. Tiens j'appelle Le Velu.

Elle s'était déjà redressée mais la main d'Eva la repoussa sur leur couche.

– Non, attends…

Julie avait vu son amie se plonger dans un abîme de réflexion et son visage passait par toutes sortes d'expressions qui finirent par se fondre en un drôle de sourire carnassier.

– Non, non, Julie, tu vas continuer, l'occasion est trop belle.

Et la couguar, qui n'avait jamais mieux mérité son surnom, se mit à lui exposer son idée. Ça leur prit un après-midi entier d'entrer dans les détails et de les peaufiner, mais lorsque tout fut bouclé, toutes deux étaient si excitées qu'elles se mirent tête-bêche pour finir par se boire goulûment l'une l'autre, se renversant sur le côté dans un magnifique duo de gémissements et de frissons.

Et voilà : elles étaient allées jusqu'au bout de leur plan. Le petit détail qu'Eva venait de visionner dans le film l'avait convaincue que Julie avait suivi toutes ses instructions à la lettre.

Eva Lutin s'étira sur le lit. Elle comprit qu'elle allait devoir rester quelques jours cachée. Qu'il lui faudrait prendre son mal en patience Jusqu'à ce que le piège se referme. Pas ce premier piège qui avait sévèrement mordu le député de gauche, non… le deuxième piège de cette machination à double détente.

Son téléphone sonna. Elle le regarda avec circonspection. Un numéro inconnu. Elle hésita, décrocha.

– Mademoiselle Eva Lutin ?

– Elle-même, répondit-elle sèchement. À qui ai-je…

– Commandant Boris Corentin, de la Brigade de Répression du Proxénétisme. Puis-je vous parler ?

– Comment avez-vous eu ce numéro ?

– N'est-ce pas mon métier ? En fait je l'ai eu par une de vos amies, à qui j'ai rendu un service. Il n'y a pas de mal. Je veux bavarder avec vous.

– Allez-y commandant mais je ne pense pas avoir grand-chose de passionnant à vous raconter.

– Nous verrons. On peut toujours commencer ?

– J'ai dit : allez-y !

La conversation dura un moment. La couguar finit par raccrocher, soucieuse. Aurait-elle le temps d'aller jusqu'au bout… en gardant à son plan toute l'efficacité sur laquelle elle comptait. C'était une question de jours.

Elle se sentit nerveuse, angoissée. Dans ces cas-là, elle ne connaissait qu'un remède. Elle se redressa, rampa à genoux sur le matelas vers le pied du lit. Le montant sur lequel elle s'écarta se terminait par une petite boule de bois. Elle vint s'y frotter furieusement, jusqu'à la sentir ouvrir son vagin trempé. Elle râla comme une bête.

Chapitre IX

Avant le coup de téléphone dont on vient de parler, Corentin était allé, on s'en souvient, au CHRU de Strasbourg en compagnie de Géraldine pour rendre visite à Julie Salz, la femme de chambre.

On avait isolé la jeune femme dans une chambre individuelle devant la porte de laquelle se tenait un planton en uniforme. Après avoir jeté un œil sur les cartes professionnelles des deux enquêteurs, il les laissa entrer. Boris et Géraldine examinèrent avec intérêt la jeune femme brune allongée sous les draps, le buste relevé par la tête de lit inclinée à 45 degrés. Le visage était d'un ovale parfait, les prunelles sombres très mobiles dans les yeux élargis, elle portait des cheveux courts au dégradé très prononcé qui la faisaient vaguement ressembler à certains portraits de Juliette Binoche. « Bien jolie pour une femme de chambre » ne put s'empêcher de remarquer Boris en son for intérieur.

Ils la saluèrent et se présentèrent. La jeune femme

soupira un « Encore ! » à peine audible. Elle semblait sur ses gardes, paraissait se contraindre au calme. Après tout, cela n'avait rien d'étonnant après ce qui lui était arrivé, si ce qu'elle racontait était vrai.

– Comment vous sentez-vous, mademoiselle Salz ? demanda poliment Boris.

Ils s'étaient sciemment assis de part et d'autre de son lit, pour ne manquer aucune de ses expressions.

– Bien.

Elle n'aurait pu être plus laconique.

– Combien de temps les médecins vont-ils vous garder ?

– Je n'ai pas de blessure. Je n'ai pas été forcée… jusqu'au bout. En fait, ce sont les dernières analyses dont la police scientifique a besoin qui me clouent dans ce lit. Je me sens capable de rentrer chez moi.

– Vous avez eu un suivi psychologique ? s'enquit Géraldine.

La jeune femme grimaça.

– Oui. Mais je n'en ai pas besoin. Je me sens forte. Sinon je n'aurais pas porté plainte, sachant tout ce que l'on endure ensuite, et compte tenu de la personnalité de l'agresseur…

« Elle est jolie, et elle parle joliment bien pour une femme de chambre » songeait encore Boris, continuant dans son trip de discrimination sociale. « Je sais, mon vieux, pensa-t-il à l'adresse de son petit ange gardien, je ne suis pas politiquement correct et je m'en fous. Qu'est-ce que tu dis ? Pourquoi une femme de chambre ne pourrait-elle pas être agrégée de physique théorique à notre époque de crise ? Oui, oui tu as peut-être raison mais moi je suis flic. Je me sers de mon nez, je renifle… ».

– Racontez-nous ce qui s'est passé, l'invita doucement Géraldine.

– Encore ?

– Encore, oui.

– J'ai déjà raconté aux flics… pardon, aux…

– Oui mais pas à la Mondaine !

– La Mondaine ?!

Elle avait eu un sursaut et un éclair de panique dans les yeux que les deux flics, échangeant un regard, trouvèrent plutôt injustifié.

Les deux as de la Brigade ignoraient ce qui se passait dans le cerveau de Julie, qui cherchait à se rappeler si elle avait été arrêtée, si elle avait été fichée… probable… Il suffirait qu'ils comparent sa photo avec leurs archives, et la belle histoire de la femme de chambre agressée partirait en fumée… Il était trop tôt pour cette révélation, Eva Lutin n'était pas prête à lâcher tout le morceau. Certes, dès le début de l'affaire, Julie Salz avait pris quelques précautions. Elle avait prié un coiffeur de taillader dans sa magnifique chevelure, qu'il lui avait d'ailleurs rachetée, et de lui faire la tête de Falconetti dans le « Jeanne d'Arc » de Dreyer, elle avait complètement changé ses procédures et ses produits de maquillage. Elle était certaine de ne pas être immédiatement reconnue de ses clients, dont aucun d'ailleurs n'aurait eu l'idée de bouger une oreille même s'ils l'avaient identifiée. Elle…

– Qu'avez-vous ? Vous vous sentez mal ?

Elle sortit de ses pensées. Il fallait qu'elle se surveille.

– Non, non… Je repensais à ce qui s'est passé dans cette chambre. Excusez-moi, cela va me poursuivre encore quelque temps je le crains.

– Avez-vous un mari, des enfants ?

Elle fut prise au dépourvu par la question.

– Non non et d'ailleurs…

– Oui ? fit Boris en se penchant en avant et en la fixant d'un air qu'il voulut méchant.

– Rien.

– Que faisiez-vous avant d'être femme de chambre ?

– J'étais… Je ne faisais pas grand-chose, je cherchais du travail…

– Votre adresse ?

Julie Salz bénit le Velu d'avoir bien fait les choses. Il l'avait « officiellement » logée au Neuhof, un quartier difficile au sud de Strasbourg, qui n'éveillerait pas les soupçons. Elle énonça ses coordonnées et regarda Géraldine prendre des notes. Boris eut l'une de ses intuitions qui faisaient, parfois, avancer une affaire.

– Géraldine, tu veux bien continuer avec mademoiselle ? L'heure tourne et je dois repasser au commissariat.

Il se leva et quitta la pièce.

– Excusez-moi un instant, fit Géraldine à l'adresse de la femme de chambre, je reviens.

Elle sortit derrière Boris.

– Qu'est-ce qui te prend, grand chef ?

– Il me prend que j'ai saisi un regard de Julie sur toi, un regard balayant…

– Et alors, satyre, espèce de voyeur !

– Tu trouves ça normal, dans son état ? Et puis, elle te plaît ? Il vit Géraldine rougir. Alors voilà pourquoi je te laisse seule avec elle. Tire-lui les vers du nez !

– Mais quels vers ?

– Ce que tu veux ! Vers de terre, de mer, de poésie. Quand tu as fini, rejoins-moi à la cafétéria.

Il s'éloigna sans ajouter un mot.

– Et merde ! fit Géraldine avant de rentrer dans la chambre.

Boris se réfugia au rez-de-chaussée. Il y avait deux ou trois malades avec leur famille en visite, dans la cafétéria et une infirmière accorte, un air de garce sublime sur son visage, propre à donner des coups de sang à toute la gent masculine. En passant devant elle, il lui fit un sourire en lui murmurant : « On ne vous a sûrement pas mise en cardiologie, vous ! » Elle n'eut qu'un haussement d'épaules blasé, et il l'entendit seulement dire « 10 000 ». Peut-être voulait-elle dire par là qu'on lui faisait cette réflexion pour la dix millième fois, allez savoir.

Il s'installa dans un coin et prit son téléphone mobile dans lequel il avait mémorisé les numéros que lui avait confiés à Paris la belle Diane. Il appela Eva Lutin, n'espérant pas qu'elle répondît, mais il l'eut au bout du fil. Il réussit même à l'intriguer, ce qui en soi était suspect. Il pensait qu'elle raccrocherait, il l'entendait dire : « Allez-y ».

– Une seule raison à mon appel : je sais de source sûre que vous vous attendiez, voici déjà quelques semaines ou quelques mois, à ce qu'il se passe quelque chose à Strasbourg. Or il se passe quelque chose à Strasbourg. Quelque chose d'exceptionnel qui affole les médias et a déjà pénétré tous les foyers de France et toutes les chancelleries du monde. Pouvez-vous m'en dire plus sur vos étranges dons prémonitoires ?

À l'autre bout du fil, dans cette petite chambre du sympathique hôtel Ermitage de Haguenau que nos lecteurs connaissent déjà, Eva Lutin était blême de rage. Elle avait beau être une amie, cette petite conne de Diane allait passer entre ses mains un sale quart d'heure. Bavarder à tort et à travers avec un flic de la Mondaine, c'était tout simplement un crime de haute trahison dans son milieu.

– Allô ? Vous êtes toujours là mademoiselle Lutin ? Ou devrais-je vous appeler « la couguar » ?

– Je suis là. Et je ne vois vraiment pas de quoi vous

voulez parler.

– Allons allons ! Un petit effort ! Et vous auriez tort de raccrocher. Je vous rappellerais encore et encore. Je n'ai rien d'autre à faire à Strasbourg.

– Je vais vous dire quelque chose, commissaire. Je…

– Vous êtes en avance. Pour l'instant, je me contenterai du titre de commandant. Mais je ne désespère pas…

– Commandant… Je n'ai qu'une question à vous poser : faites-vous de la politique ?

– Drôle de question, qui ressemble à une mouche dans du lait, mais je vous répondrai clairement non. Mes idées personnelles et mon engagement citoyen ne doivent jamais interférer dans mon métier. Je suis flic et si j'obéis aux ordres, je traque aussi les fauteurs de trouble et les criminels quelle que soit la carte de parti qu'ils ont dans leur portefeuille. Même tarif pour tous.

– Alors je vais vous rassurer. Autant que je sache, et j'en sais fort peu, cette affaire est politique, uniquement politique. Votre intervention est inutile et non pertinente.

– Permettez-moi de penser que c'est à moi d'en juger ! Que faites-vous de l'agression sexuelle de Daniel Bouquet sur la personne de Julie Salz ?

Eva Lutin hésita. Elle était en terrain très glissant.

– Commandant ! Cette affaire va également, incessamment et sous peu, revenir dans le giron du politique. Je crois bien que vous perdez du temps à Strasbourg

Boris Corentin resta coi. Qu'est-ce que c'était que ce micmac ? Du coin de l'œil, il vit l'infirmière « 10 000 » venir vers sa table avec un gobelet de café qu'elle déposa devant lui. Elle eut un éblouissant sourire qu'il lui rendit.

– Mademoiselle Lutin, connaissez-vous Julie Salz ?

Corentin ne savait pas pourquoi il posait cette question. Elle lui était venue à l'esprit voilà tout.

– Non. Absolument pas.

Il eut l'intuition qu'elle mentait. Pourquoi insistait-elle, pourquoi cet « absolument pas » inutile ?

– Je ne vois pas votre avenir en rose. La Brigade peut vous retrouver quand elle le veut, et vous causer de gros soucis dans l'exercice de votre métier. Vous devriez songer à me confier « le peu » que vous savez…

La jolie rousse contemplait par la fenêtre le clocher de l'église de Haguenau. Elle était furieuse, se sentait coincée. Mais un fauve pris au piège devient obstiné et dangereux.

– Désolé commandant, je vous ai tout dit. Laissez les choses suivre leur cours changeant.

Voilà qu'elle se foutait de sa gueule.

– Où êtes-vous, Eva Lutin ?

Il croyait au père Noël, ce flic !

– À vrai dire, pas très loin. Si ça vous amuse de me chercher.

– Je vous jure que ça ne m'amuse pas du tout. Ça me rendra lion enragé. Que dit La Fontaine ? Entre une couguar menteuse et un lion enragé, qui va l'emporter ?

– Je ne crois pas qu'il y ait de couguar dans aucune de ses fables, commandant. Des huîtres et des écrevisses, rendez-vous compte, mais de couguar, point !

– On les fait cultivées cette année, dites donc ! Entre vos dissertations littéraires et le langage châtié de Julie, je m'étonne.

– Julie ?

Boris joua sa carte maîtresse :

– Elle m'a tout dit, Eva. Je sors à l'instant de sa chambre d'hôtel.

Il entendit la couguar ricaner… presque à la manière d'une hyène.

– Par rapport au peu que je sais, vous me donnez l'impression d'être en possession de l'histoire complète. Racontez-moi, commandant, j'adore les contes, surtout lorsque je suis dans un lit.

– Vous m'obligez à vous faire rechercher, mademoiselle.

– En vertu de quoi ? D'un échange tout ce qu'il y a d'officieux entre vous et une call-girl parisienne ? Allez-y, commandant !

Boris s'essuya le visage. La garce était plus coriace que la peau d'un éléphant. Du coin de l'œil, il nota la présence de l'infirmière « 10 000 » au bout de la galerie. Elle était nonchalamment appuyée contre le mur et fumait. Étant donné les lois anti-tabac et le lieu où ils se trouvaient, Boris en déduisit qu'elle fumait une cigarette électronique. Une Boyard peut-être, vu l'imposant volume de fumée qu'elle dégageait. Tiens, il faudrait en parler au commissaire Badolini. Il accepterait peut-être de passer à ce nouveau mode de satisfaction de son vice, pour le bien-être de toute la Brigade !

– Écoutez-moi bien, miss Lutin. Nous allons nous procurer des photos de vous. Nous sommes en train de dépouiller toutes les bandes vidéo du système de surveillance du Sofitel. Si jamais je vous y reconnais, je vous fais embastiller. Je suis clair ?

– On ne peut plus clair, commandant. Je vous souhaite bon vent.

– Un dernier conseil : venez me voir à Strasbourg. Voici mon téléphone, et je loge au Grillon.

Elle eut un éclat de rire distingué, comme on pouvait imaginer que pût rire Coco Chanel.

– Au Grillon ? Voyez-vous ça !

Ils raccrochèrent en même temps. Boris avala son café. « Une dure à cuire, hein ! Eh bien je ne suis pas très comestible non plus ! »

Ce n'était pas ce qu'avait l'air de penser l'infirmière, là-bas, qui tirait sur sa clope avec un bonheur décuplé par les remarques acerbes qu'elle s'attirait parfois de la part des malades. Elle leur prenait gentiment la main, tirait sur sa cigarette pour en faire rougeoyer le bout et l'appliquait fermement sur sa propre main.

– Vous voyez bien, c'est une fausse !

– Profitez bien de ce gag, madame, fit Boris affable, il n'aura qu'un temps. J'imagine que cette invention va se répandre jusque dans les campagnes reculées.

– Une bénédiction pour les gros fumeurs. Très efficace pour réduire… à zéro sa consommation de poison. Vous faites partie des enquêteurs ?

– Tout à fait. Cela se voit tellement ?

– Vous êtes costaud !

– Vous n'avez pas tout vu !

– J'ai toujours pensé que voir était insuffisant, frustrant.

Elle s'approcha de lui, fit glisser effrontément un doigt de l'échancrure de la chemise jusqu'à la boucle de ceinture de Boris, puis s'éloigna, balançant des hanches. Il l'entendit proférer :

– Toucher, c'est mieux.

Il la suivit. Elle ne se retournait pas. Elle poussa une porte et la refermait, Boris eut le temps de glisser un pied. Elle se retourna, regarda le pied, s'exclama : « Oh, c'est vous ? ». Il entra, referma la porte, elle se colla contre lui, et lui dévora aussitôt la bouche, frottant son ventre contre le pubis du policier. Sa bouche se déplaça vers l'oreille, qu'elle mordit avant de murmurer : « Elle est grosse ta queue ? ». Boris avait beau savoir que le langage pratiqué par le personnel hospitalier entre eux pouvait être vert et sans façons, il resta un moment sans voix, mais elle continuait à parler tandis qu'une main palpait sa braguette. « Il faudra me la montrer et me la mettre où je veux si elle me plaît ! Tu es où ? » Il se surprit à répondre « Au Grillon ». « Alors à bientôt ! » Elle le lâcha brusquement et sortit de la pièce. Il sortit à sa suite et regagnait sa place à la cafétéria lorsque son portable sonna.

– Oui ?

– Meckert à l'appareil. Commandant, je crois savoir que vous interrogez Julie Salz à l'hôpital.

– Absolument.

– Alors voilà une question à lui poser. Figurez-vous qu'en visionnant les bandes de l'hôtel, nous avons constaté qu'un moment après avoir été agressée et être sortie de la chambre, elle y est revenue, une fois le député parti.

– Compris. On va tâcher d'avoir une réponse.

– Après quoi, je vous suggère de venir me rejoindre à la brasserie La Victoire. Vous ne le regretterez pas.

– À tout à l'heure.

Boris raccrocha, appela Géraldine.

– Tu es toujours au chevet de la charmante.

– Oui.

– Alors j'ai une question pour elle. Tu m'écoutes et tu raccroches sans commentaire.

Il lui expliqua la chose. Puis il s'installa à sa table et attendit, réfléchissant à la tournure que prenait l'affaire. Il vit passer l'infirmière « 10000 » qui ne lui accorda pas un regard. Une simple allumeuse ? Géraldine apparut et s'installa en face de lui.

– Alors qu'est-ce que ça a donné, lieutenant ? Au rapport !

– Rien ! rétorqua Géraldine d'un air maussade. Après quelques réponses anodines à mes questions, elle m'a demandé d'abaisser sa tête de lit, a prétendu avoir chaud et être fatiguée et a fermé les yeux. Dans son mouvement, son vêtement d'hôpital a glissé. Un sein est apparu.

– Qu'est-ce que je t'avais dit ! Elle a joué les belles endormies, habilement, je l'avoue. Et sur son retour dans la chambre de Bouquet ?

– Elle a prétendu avoir perdu une boucle d'oreille, une paire à laquelle elle tenait, un cadeau.

– Tu crois que c'est psychologiquement cohérent ? Tu le ferais si tu avais subi ce qu'elle prétend ?

Géraldine haussa les épaules.

– Peut-être. Je crois qu'on patine dans cette affaire. Parfois elle me paraît simple comme la Bible…

– La Bible est tout sauf simple.

– Elle va sortir bientôt. On la fait surveiller ?

– Sans doute. J'en parlerai à nos collègues locaux.

– Programme, grand chef ?

– On va récupérer Mémé qui doit piaffer d'impatience et tel que je le connais avoir une petite faim et on va se mettre en chasse de la brasserie La Victoire. Le commissaire Meckert nous y attend.

Ils se retrouvèrent bientôt attablés en compagnie de Meckert qui se révéla un convive chaleureux.

– Vous êtes ici dans le quartier de la Krutenau, à l'angle du quai des Pêcheurs et du boulevard de la Victoire. Un quartier fréquenté par les étudiants et leurs professeurs. L'université Louis Pasteur est toute proche, l'une des grandes universités scientifiques françaises. Tenez, vous savez qui c'est à la table du coin là-bas ?

– Nous n'avons pas cet honneur, commissaire.

– Le responsable de la surveillance sismique du territoire français. C'est le patron de l'institut de sismologie et du magnétisme terrestre, sur le campus de Louis Pasteur. Et là-bas, tenez, dans le coin opposé ? L'un de nos prix Nobel de médecine, fondateur d'un laboratoire de biochimie moléculaire…

Les trois as de la Mondaine appréciaient l'enthousiasme du commissaire pour sa ville. En voilà un qui ne boudait pas son admiration et ne parlait pas avec la moue qu'arborent tant de gens blasés.

– Bien, fit Meckert. Vous êtes mes invités. La cuisine qu'on sert ici, c'est quasiment la cuisine de ma grand-mère. Simple, naturelle, goûteuse, à l'image du décor, vous ne trouverez pas plus authentique à Strasbourg, et par bonheur, ici, un minimum de touristes. Trop loin du centre ville et tant mieux ! Quant aux prix, ils sont absurdement bas, on ne s'en plaindra pas. Interdiction de parler de notre affaire avant le dessert.

Tout le monde attaqua gaillardement le velouté qu'on venait de leur apporter. Le service était à l'image de la brasserie. Simple et de bon aloi. Moment de grâce, au sein d'une convivialité dont la qualité les enchantait tous les trois, face à leur hôte.

La dernière cuillerée de potage avalée, Brichot releva la tête.

– Je ne connaissais pas Strasbourg. Je ne sais pas si je vais retourner à Paris.

Chapitre X

Quand Fonbeurre arriva à la villa Marantz à Baden Baden, il trouva une drôle de tête à Martha. Elle lui ouvrit et l'introduisit dans le bureau du maître des lieux en marchant avec hésitation, les yeux partant vers le haut, assez égarée pour tout dire. Ce qu'il ne savait pas, c'est qu'elle venait de se rhabiller à la hâte après s'être frottée comme une folle sur l'épais pelage dorsal du Velu. Elle en avait encore des frissons rétrospectifs.

Elle referma la porte sur le visiteur tandis que ce dernier éprouvait un frisson d'un autre genre en voyant disparaître le dos du mac sous la chemise qu'il enfilait. Il avait rarement l'occasion de voir cette… effrayante curiosité de la nature, qui provoquait toujours chez lui un haut-le-cœur. Le Velu le savait mais ça faisait belle lurette qu'il se foutait de l'effet qu'il pouvait bien faire sur les hommes.

– Assieds-toi et raconte, t'es venu pour ça !

Fonbeurre le sentit très remonté, mais quoi, il

n'était en rien responsable de la disparition du film tourné dans la chambre.

– Hildorf, le chef de la sécurité du Sofitel, s'est révélé très gourmand le salaud.

– Je m'en fous, c'est toi qui payes. Tu ne vas pas pleurer dans les chaumières avec tout ce que tu t'enfouilles dans cette affaire ! Au fait !

Fonbeurre raconta par le menu les images qu'il avait vues. Son récit était ponctué d'exclamations furieuses du Velu : « La garce ! », « La pute ! », et quand il eut fini, il y eut un grand silence avant que le Velu, qui de rage venait de casser un stylo Bic, n'explose.

– Je vais te la traiter moi, cette Julie. J'envoie mes sbires, on la ramène ici et on lui fait cracher le morceau dans la cave de la villa. Elle a joué à la violée, elle va voir ce que c'est que de l'être par deux gorilles, de sa vie elle n'aura meilleur cours de théâtre.

– Ce serait une erreur, dit calmement Fonbeurre. Une erreur, oui, à double titre. D'abord elle est sous les feux de la rampe. La presse déborde déjà de son histoire. Elle est provisoirement entourée de flics, ensuite elle sera entourée de journalistes et d'avocats qui seront tous comme des mouches autour d'une charogne…

– Charogne… Tu as trouvé le mot pour cette pute. Continue !

– Ce n'est pas ce que je voulais dire. Bref, pour le

dire en un mot, Julie Salz est devenue intouchable. La faire disparaître, c'est aller contre nos intérêts. Si elle reste à pleurer devant les caméras, Daniel Bouquet est mort, c'est ce qu'on veut, non ?

– Personnellement je m'en fous, ça aurait peut-être été un bon président, après tout.

– Oui mais c'est Ixe qui nous paie et lui ne s'en fout pas.

Le visage du Velu arbora une vilaine grimace.

– Oui c'est Ixe. C'est la première et la dernière fois que je travaille dans ces conditions. Je déteste agir pour un type dont je ne connais ni le nom ni le visage. Tu sais qui c'est, toi, l'homme-lige, le mauvais ange des politiques ?

– Je t'ai déjà dit que je l'ignorais.

– Je n'ai toujours pas décidé si je te croyais mais peu importe. Tu parlais d'une erreur à double titre à propose de faire disparaître cette salope de Julie.

– Si tu ne m'interrompais pas tout le temps. L'autre raison de foutre la paix à Julie…

– … provisoirement !

– Si tu veux ! L'autre raison, c'est qu'elle n'a certainement plus le film. À quoi veux-tu que cette fille nous serve ? Laisse-la continuer son cinéma, ou plutôt son théâtre face aux journalistes.

– C'est pas mal raisonné.

– C'est pour ça que je suis là, figure-toi.

– Alors il faut retrouver l'autre salope, Eva Lutin.

Fonbeurre était perplexe. Le ton du Velu était

beaucoup moins virulent que celui qu'il avait employé pour Julie Salz. Est-ce que le mac était en affaires avec elle ? Est-ce qu'il éprouvait quelque chose pour la call-girl, une véritable épée dans son métier ? Soudain il comprit que le mac avait peur. Aussi incroyable que cela pût paraître. En tout cas, la couguar devait l'impressionner. Le Velu répétait, comme s'il voulait se convaincre :

– Oui, il faut la retrouver… Il faut surtout récupérer le film.

– Le film oui…

– Quoi ? Tu veux bien m'expliquer ton bon Dieu d'air perplexe ?!

– J'ai beaucoup réfléchi. On a sans doute fait une erreur en posant cette caméra. Suppose que le film, par quelque canal que ce soit, soit rendu public. C'est le signe que toute l'affaire n'est qu'une machination et Bouquet sort lavé de tout opprobre, ce qui est le but inverse de celui que nous visons.

– Que Ixe vise ! Moi je m'en fous. Lavé, Lavé… Tu connais une lessive assez puissante pour blanchir un homme politique, quelque bord qu'il serve ? Le film montre tout de même les agissements du député, merde ! C'est pas rien !

– Oui tu as peut-être raison, mais alors qu'est-ce qu'elle veut en faire, cette garce. Et pourquoi tu ne l'appelles pas, bon sang, c'est l'une de tes filles !

– Ce n'est pas l'une de mes filles. C'est une indépendante, comme Julie d'ailleurs. Je fais de temps en temps appel à ses services, nuance.

– Et tu touches ta part !

– Qu'est-ce que tu crois, il faut bien vivre ! C'est ce qu'on appelle la rétribution d'un apporteur d'affaires. Rien que de légal là-dedans !

– Légal ? Laisse-moi rire et appelle-la tout de suite.

Le Velu grommela une injure et prit le téléphone. Fonbeurre se doutait qu'il était gêné de l'appeler devant lui mais il se garda bien de proposer de sortir. Ils étaient tous les deux dans le même bateau, dont une partie de l'équipage venait de se mutiner. En d'autres temps, c'eût été la pendaison haut et court. Douces mœurs si efficaces pour le maintien de l'ordre !

– Allô ? C'est toi, Eva ?

Le Velu daigna brancher le haut-parleur.

– Oui, qui est à l'appareil ?

– Je crois que tu te fous de ma gueule ma petite. Rapplique fissa à la villa Marantz avec ce foutu film. Pourquoi tu prends de si gros risques, ma petite.

Le ton était aussi doucereux que menaçant.

– Quels risques ? vieux fumier de mac !

Le Velu couvrit le micro de sa main et leva les yeux vers Fonbeurre.

– Tu as vu comme elle me parle ? Puis, à son interlocutrice : Ecoute, petite, qu'est-ce que tu veux faire de ce film ? Ce qu'on y voit, c'est précisément ce que raconte Julie Salz et ce qu'a presque avoué le député. Qu'est-ce que tu veux que ça change ?

– Dans ce cas, Le Velu, ce film n'a aucun intérêt pour toi. Qu'est-ce qui te prend de me le réclamer en pleurant ?

– Je ne sais pas qui va pleurer toutes les larmes de son corps dans cette affaire. Quand j'en aurai fini avec toi, tu n'auras plus une goutte de liquide dans le corps.

– Voyez-vous ça ! Le mac qui gonfle ses biceps et qui voudrait me faire dresser les poils sur le corps. C'est toi qui les as, les poils, vieil orang-outang !

Fonbeurre vit le Velu se crisper et ses doigts blanchir sur le combiné téléphonique.

– Écoute ma petite, rapporte-moi ce film, d'accord ?

Fonbeurre hocha la tête. S'il avait été à la place de la fille, le ton calme et patelin qu'avait pris le mac lui aurait glacé le sang.

– Va te faire foutre, le Velu. Un jour que tu dormiras, je viendrais avec une tondeuse, je la passerai dans ton dos et j'y dessinerai une cible pour tous ceux qui en ont marre de subir ta tronche.

– D'accord, petite, tu veux la guerre, tu l'auras. Je ne sais pas où tu es mais tu connais mon adresse. Tu as vingt-quatre heures pour me poster le film.

– Il t'intéressera, le Velu. Tu ne sais pas tout ce qu'il y a dans ce petit chef-d'œuvre… Peut-être même quelque chose qui t'est directement adressé. Désolée de ne pouvoir faire suivre ton courrier tout de suite. Mais qui sait… Si je suis dans un bon jour, je t'en enverrai une copie. Tu pourras la ranger dans ta DVDthèque, au rayon Sodomites, titre: « Je me suis fait enculer ».

Elle raccrocha. Le Velu se leva. Fonbeurre se ratatina sur son siège. Jamais il n'avait vu le mac dans un tel état. Ce fut d'abord le téléphone qui alla s'écraser contre un mur. Puis le battoir qui servait de main au Velu balaya la surface du bureau. Des papiers voletèrent, des stylos jaillirent comme des fléchettes et la lampe de bureau alla s'écraser contre une armoire métallique, l'ampoule explosa.

On vit la porte s'ouvrir et Martha passer une tête effarée par l'entrebâillement.

– Retourne à ton travail, pute de bique !

La porte se referma silencieusement.

– Putain, elle va me tuer !

Le Velu était plié en deux, hoquetant, en appui des deux mains sur le bord du plan de travail, avec un soufflet de forge à la place des poumons. Fonbeurre se leva, tapota le dos du mac puis eut un mouvement de recul, un écœurement au bord des lèvres. Même à travers la chemise, il sentait l'épaisse toison de poils du Velu.

– Calme-toi. Tu veux un cachet ? C'est le cœur ? Tu prends des médicaments ?

– Laisse-moi deux minutes tu veux ?

Un ange aux ailes noires passa, croyant l'heure venue, puis s'enfuit mollement. Soudain, Fonbeurre en avait marre. Marre de tout le pataquès. Marre de cette relation qu'il entretenait avec le mac et qu'il trouvait soudain parfaitement incongrue. Marre de la moralité de caniveau de cet homme. Marre de cette affaire pourrie dans laquelle il n'aurait jamais dû tremper même le bout de l'orteil. Il se mit à regarder avec une sorte de haine le Velu qui se redressait et venait s'asseoir à son bureau. Il en sortit un épais cahier du tiroir, l'ouvrit à la page consacrée à Eva Lutin, l'arracha et se mit à larder la photo de la couguar avec son coupe-papiers. Puis il alluma une allumette et brûla la page qui se mit à fumer et à répandre son odeur de brûlé. On entendit frapper à la porte mais le Velu ne réagit pas.

– Fonbeurre, trouve-la-moi !

– Tu en as de bonnes ! Comment ?

– C'est toi qui penses ici ! Alors prends ta tête dans tes mains, enferme-toi quelque part et réfléchis. Prends ton téléphone, appelle ton réseau, appelle tes tordus de politiques, ton copain des Services secrets et trouve-la-moi.

Fonbeurre haussa les épaules.

– Martha !

Le mac avait hurlé tout ce qu'il savait. Elle surgit, apeurée.

– Range-moi tout ce bordel !

Martha redressa la lampe de bureau, réinstalla le téléphone avec son combiné sur son socle, fit un tas des papiers épars et partit à la récolte des stylos dispersés sur la moquette. Les deux hommes la regardaient accroupie, le cul en l'air, la jupe retroussée jusqu'à ses porte-jarretelles.

– Viens là.

Elle s'approcha de lui, craintive. Il mit la main entre ses cuisses, la massa, introduisit un doigt dans son vagin. La secrétaire se pencha en avant, les yeux élargis fixés sur Fonbeurre.

– File travailler, lui dit le Velu en récupérant sa main dont il flaira le doigt sans vergogne.

Le téléphone sonna. Le mac décrocha.

– Oui ?

– Où en êtes-vous ?

– Je… un instant, je ferme la porte et je suis à vous.

Masquant le micro, le Velu fit sèchement :

– C'est Ixe. Faut-il lui raconter ce merdier ?

Fonbeurre réfléchissait à toute vitesse. Pourquoi pas. De toute façon, si l'affaire devait foirer, autant le prévenir tout de suite des premiers grains de sable, le choc en retour serait moins rude. Et peut-être avait-il une solution à proposer ?

– Dis-lui tout ce qui arrive, sans fioriture. Les aléas, les impondérables…

Le Velu reprit son correspondant.

– Où nous en sommes ! Je vous passe Fonbeurre qui est en face de moi et qui parle beaucoup mieux.

Le mac tendit l'appareil à l'industriel qui faisait une sale grimace mais prit le combiné.

– Allô… oui, bonjour Monsieur. Eh bien voilà…

Il lui exposa toute l'affaire sans être interrompu. Etrange comme des atmosphères peuvent passer à travers les fils, ou être portées par des ondes. Fonbeurre en arrivait à deviner les changements de qualité d'un silence à couper au couteau. Quand il eut fini, Ixe dit seulement :

– Vous m'avez tout dit ?

– Oui, monsieur.

Cette fois, le long silence qui suivit ne ressemblait pas du tout au premier, chargé de colère ; c'était un silence de réflexion. Mentalement, Fonbeurre tirait son chapeau à son interlocuteur. Une pareille maîtrise de soi, ça ne devait pas se trouver sous le pas d'un chameau. À ce degré-là, ça ne se cultivait plus, c'était inné.

– Une conclusion à tirer de tout cela. Trouvez-moi cette jeune femme, au moins le film qu'elle détient.

– Monsieur, fit respectueusement Fonbeurre, nous sommes parvenus à la même conclusion, le Velu et moi.

– Le Velu ?

Bon sang, le surnom était devenu tellement utilisé que l'industriel ne se souvenait même plus du vrai nom du mac.

– Peu importe. Et qu'avez-vous fait après cette brillante conclusion ? Vous ne savez pas comment vous y prendre, et vous m'appelez dans l'espoir que j'apporterai une solution. Je l'ai. Donnez-moi le numéro de mobile de cette femme et appelez-la dans très exactement trente minutes. Tâchez de la maintenir le plus longtemps possible au bout du fil. Avez-vous une idée du modèle de son mobile ?

– Euh, monsieur… Mais si, c'est tout simplement un iPhone 3G, je le lui ai vu en mains.

– Ça ira.

– Monsieur…

Mais il avait déjà raccroché.

Fonbeurre tendit l'appareil au Velu qui le replaça sur son socle.

– Eh bien ? fit le mac impatient.

– Mais qui est ce type ? lâcha l'industriel. Il met le paquet pour couler le meilleur espoir présidentiel de la gauche. Nous n'avons aucun numéro de téléphone où nous puissions le joindre, et voilà qu'il donne l'impression d'avoir la haute main sur les systèmes d'écoute téléphonique.

– Qu'est-ce que tu racontes ?

– Il m'a demandé le modèle du téléphone de la couguar. Nous devons l'appeler dans trente minutes et la maintenir aussi longtemps que possible au téléphone. Si c'est pas préparer une écoute avec géolocalisation à la clé, je bouffe ma langue.

Chacun fut plongé un moment dans ses pensées. Se pouvait-il que la machination visant à déboulonner le candidat du PRU fût commandée de… très haut ?

– Comment font-ils, ces types ?

– Bah, fit Fonbrune, la numérisation des communications rend les choses plus faciles. Il suffit d'un ordinateur. On identifie assez facilement la station ou l'antenne qui relaie l'appel la première.

– Et alors ? Ça reste assez flou, non ? Personne n'habite une antenne-relais.

– On peut affiner la recherche mais c'est un peu plus difficile et toi tu n'as ni la capacité ni l'autorisation de le faire. Ils combinent l'information de localisation du téléphone écouté avec l'écoute d'autres téléphones portables du secteur dont ils connaissent la localisation au millimètre, et ils comparent les temps que les signaux de chaque téléphone mettent pour atteindre l'antenne.

– Tu veux dire que dans une heure au plus tard, on saura où se trouve cette garce ?

– Possible !

– C'est le moment de sortir un Schnaps.

Ils burent pour passer le temps. Le Velu s'agitait, ne tenait plus en place. À un moment donné, il alla au coffre-fort, l'ouvrit et en sortit une arme de poing qu'il posa sur la table et se mit à nettoyer.

Fonbeurre faillit éclater de rire, tout en se demandant comment le mac avait pu se procurer une arme pareille. Lui-même était féru d'armes à feu, et il avait reconnu un Smith&Wesson M500. C'était sans nul doute la plus puissante arme de poing au monde, l'une des rares, avec le Taurus Raging Bull, à pouvoir tirer la munition de très gros calibre .500 S&W Magnum. La balle à elle seule pesait 26 grammes.

Voyant l'air moqueur de Fonbeurre, le mac parut s'excuser.

– Ça me calme. T'as quelque chose à dire ?

Fonbeurre n'avait rien à dire. Mais de petites choses à penser. Il se demandait si le mac n'avait pas quelques soucis du côté de ses érections. Parce qu'enfin, il était impossible de porter sous sa chemise une arme avec un canon aussi long, l'image même de la puissance. Impossible aussi de s'entraîner. Le canon de .8 secouait tellement qu'au bout de deux munitions tirées (hors de prix), la main tremblait et déclarait forfait.

Vint le temps de téléphoner. Le mac regarda l'industriel en dessous.

– Appelle-la. Elle aura plus confiance. Moi elle m'a déjà eu, et je peux te dire que la prochaine fois que je lui parle, à cette pute, je m'aiderais de mes poings pour lui enfoncer mes mots dans les oreilles. Je te jure que ça va carillonner !

Fonbeurre prit le téléphone et eut très vite la couguar au téléphone. Il est vrai que si elle était cachée quelque part dans un trou perdu, elle devait copieusement s'emmerder.

Il la garda douze minutes, se faisant tour à tour larve baveuse et crocodile affamé pour tenter de la convaincre. Ils finirent par raccrocher sur quelques insultes bien senties.

Le mac souriait, aux anges.

– Il ne reste plus qu'à attendre l'appel de Ixe.

– S'il est arrivé à quelque chose…

– T'as pas encore compris que ce type, c'est… c'est quelqu'un ?!

L'industriel hocha la tête. Ça lui faisait penser à un mot d'esprit qu'il aimait bien, celui du type qui se confie et qui déclare : « Pendant très longtemps, j'ai rêvé d'être quelqu'un… Aujourd'hui, je me rends compte que j'aurais dû être plus précis. »

Il sursauta, mais le mac avait déjà pris le téléphone.

– Allô.

– Haguenau. Près de l'église Saint-Georges. Si elle ne connaît personne là-bas, elle est forcément à l'hôtel Ermitage.

– Haguenau, hôtel Ermitage. Nous y allons.

– Le film, c'est tout. Pas de violence, pas de sang.

Il avait déjà raccroché.

Le Velu était rouge d'une brusque fureur.

– Pas de violence, pas de sang ! On voit bien qu'il ne connaît pas le métier. J'ai mes filles et ma réputation à tenir. Prépare-toi, on y va. On en a pour une heure de trajet à peine.

– Je ne viens pas.

– Tu te fous de ma gueule.

– Je ne viens pas, le Velu. Je ne suis pas un homme de terrain.

– Comme tu veux. J'aurais pensé que tu voudrais assister à l'hallali.

– Très peu pour moi. Tu prends qui avec toi.

– Fischerman.

Fonbeurre fit la grimace.

– J'espère que tu lui tiendras les rênes serrées, à ce taré. Et partez sans arme.

– Ouais… compte là-dessus. Je prends pas le 500, d'accord, mais j'aurai mon .44, il me botte. J'aime bien sortir chargé.

– Je sais. De toutes sortes de choses et de substances… Et ton zèbre ?

– Son poignard tiens donc. Il s'en sert très bien. Je te dépose quelque part ?

– J'ai ma voiture. Tiens-moi au courant. J'aurai la main sur mon téléphone.

Soucieux, l'industriel regarda le mac s'harnacher.

Il quitta les lieux, désœuvré. Il n'aimait pas ces moments suspendus dans une attente tendue, ça l'angoissait. Il n'avait pas envie de rentrer à Strasbourg tout de suite. Un instant, il eut la tentation de suivre le Velu jusqu'à Haguenau et de veiller au grain, de loin, puis il y renonça. De toute façon, il se voyait mal suivre quiconque avec une voiture aussi voyante que sa Chevrolet Camaro. Il décida de se détendre avec des filles. Mais pas question de profiter des services de la villa Marantz, la boîte commençait à lui sortir par les trous de nez, et la perspective de la gratuité des services lui était parfaitement indifférente. Mais il y avait à Baden Baden de quoi s'amuser. Notamment la villa Asia 6 de la Kuppenheimerstrasse qui offrait presque exclusivement des

Asiatiques.

Il fut accueilli avec une préciosité tout orientale et se dirigea vers le bar, un étrange décor de colonnes entre lesquelles se tortillaient gracieusement les filles, certaines debout, affublées d'un masque, d'autres laissant pendre de longues jambes du haut de leur tabouret. Il était frappé de la taille de toutes ces filles alors qu'il eût peut-être préféré de petites porcelaines faites au moule mais tout de même, le climat feutré lui faisait de l'effet. Et puis, les Asiatiques pratiquaient un art consommé de la caresse. Il ne connaissait guère de pute française ou européenne qui sût caresser, longuement, savamment. Il faut dire que les hommes avaient une part de responsabilité : ils n'attendaient pas longtemps avant de se jeter sur elles. Sans doute de peur de perdre leur érection, cette foutue angoisse masculine qu'ils traînaient tous plus ou moins. D'ailleurs, un certain nombre d'hommes débandaient lorsque les caresses se prolongeaient. Ici, à l'Asia 6, elles savaient maintenir interminablement une érection, dans la douceur et l'enveloppement de leur chair… c'est exactement ce dont il avait besoin aujourd'hui. Après deux verres, il finit par se fixer sur une fille très fine, chaussée d'escarpins dont les lanières étaient attachées en croisillon jusqu'au dessous du genou, et sur une autre bien en chair dont les seins étaient impressionnants, quasiment felliniens. Il monta avec elles dans une chambre tendue de soie rouge qui donnait une belle couleur à la pénombre. Des parfums diffusaient leurs fragrances dans des brûle-parfums de porcelaine. La couche était basse. Elles le déshabillèrent et l'allongèrent puis commencèrent un massage. Il avait tout de même placé son téléphone mobile par terre à la tête du lit. Il ne fut plus attentif qu'aux mains de la plantureuse matrone tandis que la fine liane promenait sur son corps ses cheveux noirs interminables.

Chapitre XI

Le repas à la brasserie La Victoire avait été parfait. Ils avaient fini par une eau-de-vie de mirabelle que la patronne était allée chercher derrière les fagots. Pourtant, la fin du repas avait été très sérieuse, c'était l'heure autorisée par le commissaire Meckert pour parler de l'affaire.

Ils n'avaient d'ailleurs pas avancé beaucoup, faute d'éléments. Le chef de la police strasbourgeoise ayant incidemment mentionné que ses inspecteurs devaient avoir fini le visionnage des films du Sofitel, Boris avait suggéré de passer au commissariat avant que chacun ne regagne, qui ses pénates, qui sa chambre d'hôtel. Meckert, d'humeur nonchalante, avait esquissé une moue.

– Ça ne peut pas attendre à demain, commandant ? La journée a été rude !

Boris avait esquissé un sourire en voyant ses deux acolytes hocher la tête en signe d'approbation.

– Je pense qu'en cette affaire il faudrait aller aussi

vite que possible.

– Et pourquoi donc ? avait rétorqué aimablement Meckert.

– Parce que je ne peux m'empêcher de garder fermement à l'esprit l'hypothèse d'une machination.

– Mais Boris, l'interpella familièrement le commissaire, si les choses traînent un peu, et qu'une machination se révèle, l'effet sur le public sera d'autant plus grand et…

– Permettez-moi, Raoul, d'avoir un avis différent. Si nous laissons se renforcer l'énorme parfum de scandale et se répandre le choc de l'événement dans l'opinion publique, si nous laissons la presse et les médias remplir leurs colonnes ou leurs écrans de bruit et de fureur pendant des jours ou des semaines, nous aurons beau révéler ensuite la machination – si machination il y a – le mal sera fait, et durablement. Vous n'imaginez pas combien les informations sont d'autant plus indéracinables dans l'inconscient public qu'elles se seront prolongées, les vraies comme les fausses. Il y a une sorte d'imprégnation des consciences qui joue contre nous. Si nous révélons très vite la machination – s'il y a lieu – l'effet de bombe sera le même, croyez-moi, mais les dégâts dans l'opinion et dans les consciences beaucoup moindres.

Meckert posa sa main sur l'épaule de Boris.

– Vous m'avez convaincu, collègue. Allons-y ! C'est moi qui régale.

Il régla l'addition et tous regagnèrent sa voiture. Ils suivirent le trajet d'une ligne de tramway. Géraldine, euphorique, releva le nom d'une station.

– L'Homme de Fer ? Voilà une belle promesse…

Songeant à ses préférences sexuelles, Boris haussa le sourcil.

– Et alors, grand chef. J'ai simplement de l'imagination !

– En 1740, sourit Meckert qui n'était pas sûr d'avoir compris le *private joke*, un arquebusier tenait boutique à l'enseigne de l'Homme de Fer. Il a décoré la façade de sa maison de la figure grandeur nature d'un sergent de patrouille municipale.

Le commissariat où se déroulait une partie de l'enquête était sis rue Schott dans le quartier Robertsau. Ils y arrivèrent en quelques minutes, accueillis dans une sorte d'effervescence. Un inspecteur se jeta presque sur Meckert.

– Je vous attendais, commissaire. Il y a du nouveau. Je vous ai fait une copie de tout ce qu'il y a d'intéressant sur la surveillance vidéo du Sofitel.

Il lui tendit une clé USB que Meckert brandit au-dessus de sa tête comme un chef de groupe touristique son fanion de repérage.

– Montons dans mon bureau.

Ils se retrouvèrent tous autour de l'écran. Des scènes collées les unes aux autres défilaient. Il y eut la scène du retour de Julie Salz dans la chambre, retour sur lequel Géraldine avait déjà interrogé la femme de chambre. Et puis, tout le monde retint son souffle lorsque défila la scène où Julie et Eva se rencontraient et se bousculaient. On la repassa au ralenti, on fit des arrêts sur image et des zooms.

– Qui est cette fille ? demanda Boris.

– Lorsqu'elle revient vers la caméra, on a une vue pas trop floue de son visage mais elle n'a pas été identifiée.

– Qui a un bon appareil numérique ?

Meckert ouvrit un tiroir métallique.

– Prenez le mien.

– Faites-moi un zoom sur le visage de la fille, jusqu'aux limites d'une déperdition trop grande de la définition.

Boris prit une photo de l'écran, examina le résultat sur l'écran du petit appareil. C'était passable.

– Commissaire, mettez cette photo sur votre ordinateur. J'ai un coup de fil à donner.

Boris s'empara de son mobile et appela la belle Diane. Il crut qu'elle ne répondrait pas puis, au bout de la sixième sonnerie…

– Diane, ici le commandant Boris Corentin.

– Quelle surprise !

– Les marivaudages, plus tard, belle Diane. Donnez-moi votre adresse email, je vais vous envoyer une photo…

– Dans quelle tenue, commandant ?

– Je vous en prie ! Allez-y !

– Écoutez, j'ai un client en mains…

– Qu'avez-vous exactement entre les mains ? Diane, c'est capital. Laissez votre client dix minutes, l'attente n'a jamais fait qu'augmenter le plaisir. « Le désir s'accroît quand l'effet se recule », vous connaissez. Donnez-moi votre mail, allez ouvrir votre boîte, restez devant bon sang et dites-moi si vous reconnaissez le visage que je vous envoie. Vous pouvez m'envoyer votre réponse par mail. Je vous revaudrai ça.

– J'espère bien commandant !

Il se passa exactement cinq minutes avant qu'un mail de la belle Diane arrive sur l'écran du commissaire Meckert. Un prénom et un nom s'inscrivaient en grosses lettres noires, suivies d'un surnom : « Eva Lutin, la couguar ».

– De Dieu, je m'en doutais ! fit Boris en fixant ses compagnons.

– Vous connaissez cette fille, commandant, fit Meckert.

– Oui et non. Je l'ai eue au téléphone aujourd'hui. Et je vais la rappeler. Toutes nos forces sur cette fille !

Tandis que Meckert sortait donner des ordres et prévenait le SRPJ de Schirweiller, Boris s'installa dans un fauteuil qu'il tira dans un coin et passa son appel. Eva Lutin répondit aussitôt.

– Commandant Corentin. Où en êtes-vous de vos réflexions ?

– Nulle part.

Le ton était assourdi, comme éteint. Est-ce que la

couguar s'usait les griffes ?

– Vous étiez dans le couloir de la chambre du crime, ce matin-là. Vous m'avez menti.

– Je ne vous ai pas menti, monsieur le flic, je n'ai rien dit.

– Les curés appellent cela le « mensonge par omission », vous voyez c'en est un.

– Vous savez ce que je leur fais, moi, aux curés ? Vous savez combien d'évêques j'ai eus dans mon lit ? Ils m'ont copieusement baptisée et absoute de mes péchés puisque c'était également les leurs. C'est ce qu'ils appellent « l'économie du salut ».

Corentin se passa la main dans ses cheveux . Cette fille avait un sacré répondant. On eût dit que la machine se remontait toute seule, de réplique en réplique.

– Pas de blasphème, mademoiselle Lutin. Que comptez-vous faire ?

– Rien pour vous en tout cas. Allez vous faire voir !

– Je vais vous faire une rapide analyse de la situation, répondit patiemment Boris. Ensuite vous jugerez de ce que vous devez faire. Certains d'entre nous, je veux dire les dizaines d'enquêteurs qui planchent sur cette affaire, commencent à se demander s'il n'y a pas une grosse entourloupe visant à abattre le député du Parti Républicain Unifié. En tout cas, je suis l'un de ceux qui enquêtent en ce sens. Au vu des images que je viens de visionner, je vous soupçonne de connaître la femme de chambre, qui serait peut-être bien, en réalité, l'une de vos collègues. Je vous soupçonne sinon d'être à l'origine en tout cas d'être un rouage essentiel de la machination.

Boris se tut et laissa s'installer le silence. Puis vint la réaction de la couguar :

– C'est drôle comme sont les choses, hein ? Ce que vous dites se tient fort bien. Et pourtant, ce n'est pas la vérité. C'est même le contraire de la vérité.

Boris enregistra l'affirmation, prononcée avec un tel ton de conviction par une fille qui semblait faite d'un bloc… pas vraiment du style à raconter des craques… Qu'est-ce que ça voulait dire ?

– Contraire à la vérité… Voulez-vous dire que vous êtes du côté du député ?

– Enfin un peu de bon sens… et je ne vous dirai rien de plus. J'attends mon heure.

– Un instant, un instant… Cela veut-il dire que vous êtes en train d'entourlouper les auteurs de l'entourloupe ?

– Je crois que vous serez bientôt divisionnaire, commandant.

– Mademoiselle Lutin, soyons clairs : si ce que vous dites est vrai, alors vous risquez gros. Ceux qui ont monté ce binz ne sont pas des enfants de chœur. Où êtes-vous bon sang ? Et si vous détenez les clés de l'affaire, qu'est-ce que vous attendez pour les révéler ?

– Il me manque une pièce pour que tout cela soit efficace. Le nom de l'arnaqueur en chef. Ou quelque chose qui permette d'impliquer la cellule commanditaire de cette affaire. Commandant, vous avez constaté combien les éléments de cette affaire sont sujets à interprétation ? C'est dingue ! Les uns disent que c'est blanc, les autres noir, regardez donc comme vous venez d'interpréter les images du couloir… chat blanc ou chat noir ? Et tout le monde *peut* avoir raison.

– Et comment comptez-vous vous y prendre ?

– J'y réfléchis.

– Trop dangereux. Vous avez besoin d'aide, mademoiselle Lutin. Une sacrée couguar, mais hélas affrontée à une armée de tigres.

– Vous savez pourquoi j'ai consenti à vous parler ?

– C'est loin d'être suffisant mais vous êtes sur la bonne voie.

– Je lui ai interdit de vous le dire, mais je vous le confie : j'ai appelé Diane à Paris.

– Et ?

– Elle m'a dit grand bien de vous. Vous lui êtes apparu comme un homme correct.

– Allez jusqu'au bout, Eva. Dites-moi où vous êtes.

– Pas encore, commandant. Mais vous pourriez très bien visiter le sanctuaire marial de Marienthal. Je suis sûre que cela vous ferait du bien.

Elle raccrocha.

Boris se retourna vers Meckert qui venait de revenir et le mit au courant de la conversation qu'il venait d'avoir. Il conclut :

– Marienthal, ça vous dit quelque chose ?

– Bien sûr ! C'est un lieu de pèlerinage marial tenu par des sœurs bénédictines. À quelque vingt-cinq kilomètres de Strasbourg, et tout près de Haguenau.

Boris pianota nerveusement des doigts sur son genou puis se leva comme un diable jaillissant hors de sa boîte.

– Commissaire. Je vous laisse. Mon équipe et moi-même nous partons prier la Vierge à Marienthal. Puisse-t-elle nous inspirer dans nos décisions et dans nos actions !

– Amen, conclut pieusement Meckert. Eh bien, tenez-moi au courant. Si vous avez besoin d'aide, nous sommes prêts à intervenir. Voulez-vous que je prévienne le petit poste de police de Haguenau ?

– Pas encore. Mais merci de votre aide. Pouvez-vous me confier l'une de vos voitures de service ?

– Prenez la mienne, dit-il en tendant ses clés.

Tous trois sortirent et Boris se mit au volant.

–Tu es sûr de ce que tu fais, Boris ?

– Sûr, sûr… grommela-t-il. Je viens de subir un cours sur la logique floue de l'interprétation des événements. On n'est sûr de rien. La vie est une histoire, racontée par un idiot, pleine de bruit et de fureur, et qui ne signifie… rien. Grand monsieur que ce Shakespeare !

– Quand tu nous sors cette citation de Macbeth, fit sentencieusement Brichot, c'est que tu es inquiet ou que tu as du vague à l'âme.

– Je crois bien que cette fois, c'est les deux à la fois, mon cher Mémé.

Ils avaient quitté Strasbourg et roulaient dans la plate campagne strasbourgeoise. La nuit était tombée. Des trous d'ombre succédaient aux ouvertures de grandes prairies qui luisaient doucement sous la lune montante.

– Vérifions nos armes, fit Brichot qui tira son Sig Sauer de son holster d'épaule.

Ces automatiques avaient remplacé les vieux Manhurin. Seul leur canon était en métal, le reste, en composé de résine, allégeait notablement l'arme.

Boris haussa les épaules.

– Il se peut que la seule cible sur laquelle nous ayons à tirer soit les grandes ailes blanches des bonnes sœurs.

– Toujours prête ! J'ai été scout, Boris.

La voiture roulait dans la nuit. Une autre s'approchait, venue d'Allemagne.

Chapitre XII

Fonbeurre était dans le salon de la villa Asia 6, dans un étrange état de faiblesse morale. Était-ce la gentillesse des putes qui l'avaient traité ? Elles avaient été parfaites dans la combinaison de leurs gestes. Il avait eu l'impression de dizaines de mains qui voletaient sur son corps, et s'y posaient comme autant d'oiseaux. Puis ça avait été la longue prise en bouche de l'une d'elles, la fine Java, tandis que Pumpy promenait ses seins énormes sur son ventre. Java s'était arrêtée de le sucer alors qu'il était au bord de gicler et l'avait enfourché délicatement. Elle avait gardé ses incroyables escarpins à lanières et Fonbeurre ne pouvait en détacher ses yeux. Pendant que Java faisait monter la sève jusqu'au jaillissement, Pumpy s'était montrée très maternelle, lui donnant le sein à sucer. Après, elles l'avaient massé du bout des doigts, jusqu'à ce qu'il retrouve quelque vigueur. Fonbeurre avait alors manifesté le désir de terminer par une cravate de notaire. Pumpy s'était couchée sur le dos, il s'était écarté au-dessus d'elle et l'avait laissée enfermer son membre raide entre ses seins. Tandis qu'il allait et venait dans ce doux matelas de chair, Java, collée dans son dos, l'avait entouré de ses bras pour saisir ses bourses qu'elle massait prudemment. Il avait joui une deuxième fois, contemplant son jet frapper Pumpy sous le menton.

Puis elles l'avaient savonné dans un bain parfumé et lui avaient encore offert un massage fort sage mais très relaxant.

Et maintenant, il se trouvait enfoncé dans ce canapé, des filles bavardaient ou marchaient devant lui mais le laissaient tranquille. Il avait un verre de champagne près de lui, et il n'était pas loin de penser au paradis. Hélas, paradis dehors, crise morale dedans. Le sentiment de dégoût qui l'avait pris face au Velu se montrait oppressant. Quelque chose semblait vouloir percer le barrage de son inconscient, comme une injonction sans forme. Mais qu'avait-il d'autre à faire que d'attendre les appels de Ixe, qui devait veiller, le salaud, forcément inquiet de la tournure des événements.

Ça éclata comme une bulle d'air remontant à la surface : Eva Lutin ! La couguar était en danger. Il se représenta le mac qui fonçait vers Haguenau avec ce tordu de Fischerman. Il se représenta surtout Ixe, Ixe et toute sa puissance politique, Ixe et les services spéciaux qui semblaient lui manger dans la main. Qui était-ce ? Un type pareil pouvait-il laisser la couguar vivante ? Il se souvenait de ses paroles : « pas de violence, pas de sang ». Tu parles ! Pas de violence ce soir, l'affaire était brûlante. Mais demain ? Après-demain ? On lirait un jour qu'Eva Lutin s'était tuée dans une voiture dont les freins avaient lâché. Qu'elle avait été trouvée morte d'une overdose dans son studio…

Il se faisait peut-être son cinéma mais sa décision était prise. Il se leva, prit congé de la Villa Asia 6, fit vrombir les chevaux de sa Chevrolet Camaro et prit à son tour la route de Haguenau.

Chapitre XIII

– Je connais l'hôtel, tu peux te garer en face, sur la place de l'Eglise.

– Tu seras toujours aussi con, Pêcheur ! Et si elle est à sa fenêtre ?

Fischerman crispa ses poings. Il détestait qu'on traduise son patronyme en français. Il détestait ce surnom. En fait, Fischerman détestait beaucoup de choses, au premier rang desquelles les femmes. Les motifs de cette haine viscérale se perdaient sans doute dans la nuit de l'enfance et il eût fallu l'aide d'un bon psychanalyste pour les mettre au jour. Fischerman ignorait l'existence même de la psychanalyse ou de quelque thérapie que ce soit. Son vocabulaire devait péniblement atteindre les huit cents mots, dont cent au moins étaient des jurons bien sentis, une partie du reste étant composée d'expressions qu'il saisissait au vol, accoudé au comptoir des cafés. Il retenait celles dont la sonorité lui plaisait et les répétait à l'envi, parfois en se méprenant sur leur sens. Parler avec Fischerman était une expérience éprouvante. Quant à ses rapports sexuels avec les femmes, ils ne pouvaient être autre chose que des agressions. Le Velu se servait de lui pour terroriser certaines de ses filles… dans le temps. Parce qu'aujourd'hui, c'était devenu inutile. Il n'était plus vraiment le mac de la vieille tradition marseillaise, mais un homme d'affaires, et dans l'Allemagne d'aujourd'hui, le sexe, quoique encadré, était devenu une affaire.

Le Velu ne savait pas pourquoi il avait gardé Fischerman devenu inutile à son service. Il lui devinait une fidélité de chien, et cela le flattait. Mais il n'avait encore jamais deviné que Fischerman le regardait avec les yeux d'une femme. D'ailleurs, Fischerman ne se l'était peut-être jamais avoué franchement. Il se souvenait seulement qu'un jour, par la porte du bureau entrebâillée, il avait vu cette foutue garce de Martha, échevelée, agrippée à la fourrure dorsale du Velu, en train de se trémousser en hurlant. Il avait vu trembloter le gros sexe un peu mou de son patron, solidement campé sur ses jambes. Et ce spectacle l'avait bouleversé. Il refusait de comprendre pourquoi. Il refusait les images qui lui étaient fugitivement venues à l'esprit. Qu'il aurait voulu être à la place de Martha. Qu'il aurait voulu sucer son patron avant de se coucher comme une victime et d'accrocher ses mains dans cette fourrure folle pendant qu'il se faisait mettre. Ces images étaient interdites de séjour. Elles n'apparaissaient que dans ses rêves, dans la fenêtre de liberté de ses rêves. Au réveil il ne s'en souvenait plus. Il ne voulait plus s'en souvenir.

Les deux hommes approchaient de leur but. Le Velu connaissait bien Haguenau. Dans le temps, il avait placé des monteuses dans une auberge de la ville. Des serveuses pas farouches, qui ne disaient rien quand les clients, entre fromage et dessert, leur mettaient la main au panier, et qui « montaient » ensuite dans une chambre de l'étage. C'était une époque terminée. Aujourd'hui, on se faisait fermer son établissement pour moins que ça. La prostitution avait en partie échappé aux macs, avec les petites-bourgeoises de fin de mois, les étudiantes payant leurs études ou leur loyer en nature et les innombrables masseuses qui travaillaient en officine ou laissaient leur numéro de téléphone sur les descentes de gouttières dans les rues.

Le Velu se gara derrière l'église. Ils sortirent de la voiture. Le mac posa sa main sur sa poitrine pour tâter la crosse de son Colt Anaconda. Il en aimait l'acier clair, la crosse marron, et surtout la précision. Mais ça faisait bien quinze ans qu'il ne lui avait pas fait prendre l'air, sauf pour s'entraîner dans les forêts autour de Haguenau ou plus volontiers plus loin, en Forêt-Noire. L'inconvénient de ce revolver était d'être plutôt imposant, et de lui écarter le bras du corps, mais il adorait l'allure que ça lui donnait. Au fond, le Velu n'était pas seulement un grand amateur de westerns, c'était un grand coquet.

Fischerman n'aimait pas les armes à feu. Il préférait de loin son poignard de commando Virginia. Il possédait également un couteau de lancer, une sorte de croix à quatre branches, quatre lames d'une redoutable efficacité qui tournoyaient dans l'air et ne pouvaient que se planter dans la cible. C'était d'ailleurs une arme classé en 6ème catégorie et interdite à la vente.

Le Velu prit Fischerman par le col.

– Pas de violence, pas de sang. Tu t'en souviendras ?

– Oui patron.

Ils contournèrent l'église sans déboucher sur la place et prirent par des rues latérales. Ils aboutirent derrière l'hôtel. Le Velu songea qu'il devait être encore ouvert et la salle de restaurant pleine de convives.

Ils prirent la petite rue d'angle et débouchèrent devant la sobre façade. De grandes fenêtres en arceau s'y ouvraient. On pouvait voir les convives à travers les rideaux. Le mac risqua un œil mais il ne pouvait aussi rapidement repérer la couguar, à supposer qu'elle soit descendue dîner. Il sentait dans son cou le souffle haletant de Fischerman.

– T'as besoin de te coller à moi, bon Dieu.

Il donna un sauvage coup de coude en arrière et poursuivit :

– Trop de monde, bordel. On ne peut pas entrer

comme ça, on va se faire repérer. Surtout si tu arbores ta tronche de tueur. On est en vacances. Tu te sens capable d'entrer tout seul et de jouer les touristes. Je ne sais plus si elle t'a déjà vu, putain !

Le Velu ne sentait pas le truc. En tout cas pas pour l'instant.

– Demi-tour. On va chercher un café.

– Mais pourquoi ?

– Trop tôt. Je t'offre à boire.

Ils s'éloignèrent, trouvèrent un établissement un peu plus loin dans la grand rue et s'installèrent à une table d'angle.

Fischerman commanda une bière Fischer. Il n'en buvait jamais d'autre, éprouvant une affection particulière pour celle qui portait presque son nom. Elle était brassée à quelques kilomètres de là, à Schiltigheim. Le Velu prit un cognac. Ils burent chacun dans leur silence, sans porter de toast.

– Qu'est-ce que t'as à me zieuter comme ça ?

Parfois, les regards de son homme de main le gênaient.

Fischerman baissa les yeux et vida son bock.

CHAPITRE XIV

La prairie était parcimonieusement plantée de quelques bosquets et de trois ou quatre grands arbres insuffisants pour dissimuler l'imposant chevet de la basilique, percée d'étroites et hautes fenêtres de style gothique. Deux bâtiments flanquaient l'église. Le plus éloigné devait être la maison d'accueil des pèlerins.

Boris s'était garé le long de la clôture de la prairie après avoir traversé la forêt sainte et contemplait le paysage nocturne. À côté de lui, Aimé Brichot s'agitait.

– Tu peux me dire ce qu'on fait ici, commandant ?

– Trop de péchés l'accablent, ironisa Géraldine installée à l'arrière. C'est la pause prière.

– Tout le monde a besoin qu'on prie pour lui, et particulièrement ceux dont nous sommes entourés, de par notre métier.

– Dis donc Boris, tu as fini de nous la jouer sentencieux. Si tu t'es converti, tu nous a caché ça. On viendra à ton baptême.

– Tu n'as jamais eu envie de quitter les bruits du monde et de te retirer dans un monastère, Mémé ?

– Non merci. J'aurais trop peur de m'ennuyer.

– C'est que ta vie intérieure est pauvre !

– Tu sais ce qu'elle se demande à l'instant, ma vie intérieure ? Elle se demande ce qu'on fout ici !

– Vous n'avez pas compris, Mémé, répondit Géraldine avant Boris. La fille, Eva Lutin, vit une crise de conscience…

– … qu'elle voie un prêtre, ça ne manque pas ici !

– C'est Boris qu'elle veut comme prêtre mais elle ne le sait pas encore, même si son cœur le sait déjà pour elle.

– Son cœur ou son corps ? Boris en prêtre et confesseur des âmes ! Vous ne nous l'aviez jamais faite, celle-là !

– Cessez donc de m'interrompre ! Je disais que la couguar était partagée entre le désir de continuer à faire cavalier seul et celui de réclamer l'assistance que lui offre Boris. Alors, elle a choisi le juste milieu. Elle a fait venir Boris ici pour l'avoir à portée de main, au cas où les choses tourneraient mal. Ce qui signifie qu'elle est tout près d'ici, à quelques minutes vraisemblablement.

– Ce qui signifie également, grommela Brichot, que nous sommes condamnés à attendre un éventuel coup de fil de la belle, coincés dans cette voiture de service au lieu d'aller siroter une bière en brasserie.

Vous parlez d'une sinécure !

– Vous avez fini tous les deux ? Mettons-nous en quête d'une brasserie, je veux bien faire ça pour toi, bon et loyal serviteur !

Mais ils ne trouvèrent rien d'ouvert dans le pâté d'immeubles qui entourait la basilique.

Brichot déploya une carte et suggéra :

– Allons à Haguenau. C'est à trois pas d'ici et ça ne changera pas la donne de notre intervention, si mademoiselle daigne la réclamer.

Ils se mirent en route. Au moment de démarrer, il jeta machinalement un coup d'œil dans le rétroviseur. Bien lui en prit car une voiture passa en trombe.

– Une Chevrolet Camaro, commenta Géraldine qui se piquait de connaître les voitures. Le dernier modèle. Boris, attends avant de démarrer. J'ai… quelque chose à faire.

Boris soupira.

– Va, va pisser ma belle !

Mémé pouffa.

– Drôle d'obole quand même.

– Vous deux je vous hais.

Géraldine s'éloigna dans l'ombre des arbres et prit son temps. Quand elle revint, les lazzis fusèrent sur la supposée quantité de bière qu'elle avait bue dans la journée.

– Dites les mecs, on n'est pas pressé d'accord. D'ici que cette fille nous appelle, si elle le fait, l'eau du Rhin qui passe pas loin aura atteint la mer du

Nord. Tu es prié de rouler lentement, Boris, je veux profiter du paysage.

– Il fait nuit, commenta sobrement Aimé.

– Et alors ? C'est terrible ce que vous manquez de poésie.

– Allons-y, fit Boris.

– Mollo pour exaucer Madame, conclut Brichot.

Daniel Bouquet se retourna sur sa paillasse. Ce soir, il ne songeait pas à l'affaire, à ses tenants et aboutissants, à ses mystères, au coup de fil d'Eva, non : il songeait à sa femme Gisèle. Elle n'est pas venue le soutenir. Dieu sait si elle lui en a envoyé des signes, pour l'alerter sur leur ménage, et sur les frasques qu'il se permettait sans vergogne. Dieu sait si elle a enduré les regards des ennemis ou, pire, des amis qui savaient. Dieu sait si elle a supporté les racontars sur son mari, dont elle pouvait supposer qu'hélas ils étaient tous vrais.

Elle lui avait dit que les choses casseraient un jour. Lui, aveugle, égoïste, s'en souciait comme d'une guigne. Il rattrapait toujours la situation. Toujours, ses pirouettes le remettaient en grâce, toujours, quand il la renversait soudain au milieu des disputes les plus violentes, elle cédait et sentait fondre toute sa colère lorsque le membre de son mari la pénétrait en force. Alors, les jambes nouées dans les reins puissants du député, elle lui criait toujours dessus, mais c'était des mots d'une crudité qui les fouettait tous les deux.

Et puis les choses recommençaient. Elle lui avait dit: « un jour, tes ennemis t'abattront par où tu as péché. » Il ricanait: « ça fait très longtemps que ce n'est plus un péché. Amuse-toi donc toi aussi. » Cette dernière phrase, constamment répétée ces deux dernières années, était celle qui lui causait le plus de souffrance.

Daniel Bouquet écoutait le silence poisseux des cellules. Ça grignotait quelque part. Des rats ?

En tout cas, ça y était, il était au bout du rouleau. Elle n'était pas venue. Pas un coup de fil. Les flics, qui le savaient marié, s'étonnaient, le regardaient bizarrement. Que sa femme soit à ce point absente dans une pareille affaire, cela frappait tout le monde. Et cela frapperait la France entière quand la presse, encore discrète, en parlerait. Oui, il était au bord du divorce. Au bord de la misère, c'est sa femme qui était fortunée. Il comprit soudain que sa carrière était fichue. Même si la vérité se faisait jour, il était politiquement mort.

Il se retourna sur sa couche et tenta vainement de s'endormir.

Etrange et capricieux hasard quand il se met à vouloir tisser des liens entre les lieux et les êtres. Il semblait que Haguenau dût vraiment devenir pour quelques heures, sinon le centre du monde, en tout cas le centre de l'affaire qui secouait la France entière. Le hasard allait sans doute y faire mijoter un dénouement, mais nul ne pouvait encore prévoir comment les choses tourneraient, les paramètres devenaient trop nombreux. Corentin, Brichot, Géraldine. Le Velu et son âme damnée Fischerman. Fonbeurre. En cette nuit tempérée et scintillante d'étoiles, six personnes à la recherche d'une septième allaient se croiser, se rencontrer, se heurter.

Mais que faisait la septième, vraisemblablement dans l'ignorance de ce motif tracé par le destin au-dessus de Haguenau comme une image sombre dans un tapis d'obscurité ?

Eva Lutin était descendue dîner. Elle s'était installée à l'écart, près de la cheminée, et subissait des regards aux contenus fort différents. Dans cette petite ville de province, les hommes l'observaient à la dérobée, ou tentaient de l'observer à la dérobée de leurs femmes, tandis que ces dernières la regardaient comme pour la foudroyer. Elle faisait toujours le même effet partout où elle allait. Non qu'elle eût quelque vulgarité que ce soit sur sa personne, allure ou vêtements. Au contraire, elle avait une classe naturelle qui lui permettait d'être à l'aise dans tous les milieux. Mais il y avait cet air indomptable, qui colorait sa grande beauté d'une note sauvage. Une personnalité assez forte pour impressionner les uns, domestiquer les autres, séduire, irriter ou provoquer.

Elle finit son dessert, refusa un café et remonta dans sa chambre. Elle était obligée de traverser toute la salle et elle entendit nettement des murmures de femmes, vindicatifs, dont elle pouvait deviner le contenu. Elle sourit d'un air hautain et disparut par le petit escalier.

Une fois dans sa chambre, une brusque angoisse la saisit. Comme une prémonition. Elle lutta contre elle, en vain. Elle se convainquit que la clé USB en sa possession était un objet trop lourd pour qu'elle pût en supporter seule le poids plus longtemps. Elle la décolla de son emplacement sous la table de nuit, s'assit à la petite table devant son ordinateur et en fit une copie sur l'une de ses propres clés. Puis, elle examina l'original un moment avant de prendre sa décision. Elle trouva sur internet l'adresse du quotidien Libération, la recopia sur une enveloppe déjà affranchie – elle en avait quelques-unes dans une poche de sa sacoche d'ordinateur – y glissa la clé USB avec un mot laconique au directeur de la rédaction, cacheta la missive et enfila son manteau.

Il lui manquait d'en savoir plus sur l'origine de la machination, sur le salopard sulfureux qui avait monté le piège, mais elle ne voyait plus comment obtenir l'information, et l'affaire prenait de telles proportions qu'elle ne maîtrisait déjà plus rien. Tant pis ! Le petit détail qui se trouvait dans l'une des images serait suffisant pour dégonfler l'énorme baudruche.

Elle agissait par conviction. Elle avait des idées politiques arrêtées, ne supportait pas un certain genre d'ordure, même si sa vie n'avait pas été blanc bleu. Elle se sentit ragaillardie par sa décision.

Elle sortit de l'hôtel et s'éloigna, à la recherche d'une boîte aux lettres, qu'elle trouva bientôt, tache jaune contre la façade d'une boucherie. Une dernière hésitation, puis elle vit l'enveloppe disparaître par la fente. Désormais, les dés étaient jetés.

Elle s'en retourna lentement, passa devant la fenêtre éclairée d'une petite brasserie, jeta un œil à l'intérieur et se figea. Le Velu ! Fischerman ! Certaines émotions inattendues vous décomposent en un instant. C'est comme une dépression climatique qui désorganise toutes vos cellules à la vitesse de la lumière. Ils étaient là. Ils sont là. Pour elle ! Impossible ! Mais si ! Le Velu lève la tête. Il la voit ! Il jaillit de son siège, Eva Lutin croit entendre le bruit de la chaise qui se fracasse par terre. Fischerman ouvre la bouche. Tête d'ahuri. Débile dangereux. Il se lève à son tour. Elle court. Elle a des talons hauts. Des bruits derrière elle. Une porte qui s'ouvre. Un cri : « Eva ! ».

Elle a tourné le coin d'une rue sombre. Elle court. Une grille d'égout, traîtresse. Elle casse un talon. La voilà qui claudique. Bizarre, l'esprit et la mémoire. Les associations d'idées. Le temps d'un éclair, elle se souvient d'un film récemment vu à la télévision, qui l'a impressionnée. Un film injustement méconnu, L'Ordre et la sécurité du monde, avec Bruno Cremer. Et l'héroïne, Laure Deschanel, qui court dans les rues de Zürich, casse un talon, finira morte, assassinée pour rien dans une gare. Assassinée.

Elle s'est arrêtée, bancale. Que font-ils ? Elle entend des discussions. Ah voilà ! Les cons se sont fait à leur tour courser par le patron de la brasserie qui réclame son dû.

En un tournemain, elle se débarrasse de ses chaussures et court, pieds nus dans ses bas. Elle se retourne.

– Eva ! Sale pute !

Cette ordure de Velu, ce sous-homme. Dire qu'elle a travaillé pour lui quelquefois. Plus depuis longtemps, très longtemps. Elle a un frisson de dégoût. Elle aussi a touché à ses poils, elle y a frissonné dessus, bête immonde contre ses seins qui en avaient gardé trois jours des rougeurs et des irritations au bord du saignement. Salopard de singe !

– Eva !

Elle songe tu peux toujours crier et fuit. Enchaîne les rues. Son affolement diminue, sa colère augmente et avec elle sa lucidité. D'ailleurs, pas besoin de lucidité, l'instinct préside. L'instinct lui a dicté qu'à Haguenau elle ne connaissait qu'un seul endroit, son hôtel justement. Il faut y revenir. Seule solution. Il faut appeler ce flic maintenant. Plus le temps de tergiverser. Seulement voilà, son mobile l'attend gentiment sur le lit, dans sa chambre. Quelle conne !

Il ne faut pas qu'elle se perde. Elle calcule ses trajectoires, projette dans son esprit la topographie du lieu, en tout cas ce qu'elle peut en deviner. Elle doit infléchir sa course, de façon à ce que sa trajectoire la ramène à l'hôtel.

Elle se retourne. Mais où sont-ils ?

Ce qu'elle ignore, c'est que les deux sbires ont perdu un peu de temps. Fischerman a sorti son couteau de lancer. Le Velu voit briller l'éclat mordant de la quadruple lame qui accroche la lumière des étoiles dans la main de son acolyte.

– Mais t'es décidément cinglé !

Il frappe violemment le poignet. Le dangereux couteau tombe à terre avec un « kling » massif. Du bon acier visiblement. Le Velu le ramasse et le lance au jugé vers la porte d'un immeuble où l'arme se plante en vibrant.

– Viens maintenant, grouille !

Mais Fischerman lui adresse un regard meurtrier.

– Je récupère mon couteau.

Il a du mal à l'arracher à la porte. Puis les deux hommes reprennent la poursuite.

Eva Lutin a pris le temps de se réfugier dans un jardin qui avance devant une maison de maître. Une grille mal fermée qu'elle a poussée. Et soigneusement refermée. Elle se terre derrière un massif et attend. Elle perçoit bientôt la course des deux hommes qui la dépassent. Ils ne sont pas fous, ils vont revenir sur leurs pas, repérer le jardin, le fouiller.

Elle se relève, sort du jardin et rebrousse chemin. Pourquoi ne demande-t-elle pas de l'aide ? Elle ne sait pas. Pas encore. De la fierté ? La volonté de réussir contre ces deux voyous. L'espoir de regagner sa chambre où elle se sentira à l'abri. Et puis de l'aide… le temps qu'elle se fasse ouvrir une porte… Et à l'hôtel ? À cette heure, les salles doivent être vides, les lumières éteintes. Quand elle est ressortie pour poster sa lettre, le service était pratiquement terminé. Elle tâte le fond de sa poche. Elle a sa clé, et le code qu'il faut composer sur une petite porte latérale, passé onze heures.

Elle court. Elle arrive sur la place de l'Eglise. Elle se précipite vers la petite rue où se trouve l'entrée de nuit. Qui sait ? Si elle a le temps de réintégrer le bâtiment, elle est sauvée. Ils n'imagineront pas qu'elle puisse revenir dans la gueule du loup.

Comme elle traverse, épuisée, le souffle presque perdu, elle manque se faire écraser. Coup de frein brutal, hurlement de pneus… Et puis l'improbable, l'insensé :

– Eva !

La glace électrique côté passager s'est ouverte. Un homme se penche. Fonbeurre ! Qu'est-ce qu'il fout là ! Est-ce que toutes ses connaissances se sont donné le mot ?

– Eva !

Elle n'a qu'un instant d'hésitation. Dans quel camp est-il celui-là ? Elle n'a pas le temps de rassembler ses souvenirs sur ce type qui lui a fourni tant d'occasions de se faire du fric, et qu'elle a « traité » à plusieurs reprises en compagnie de Julie. Elle a juste l'image d'un homme sensuel et pas méchant. Elle ouvre la portière à la volée, se jette dans la voiture.

– Démarre !

– Mais, attends, dis-moi…

– Démarre !

Elle le regarde. Fonbeurre voit son œil étinceler. De peur ? De fureur ? En tout cas, sa force de conviction est telle qu'il met les gaz. Il n'a pas vu ce qu'Eva saisit brièvement en tournant la tête : ses deux poursuivants qui débouchent sur la place et assistent à la scène. Elle voit même distinctement le Velu qui sort d'un pan de sa veste un énorme révolver et le brandit. Elle se rétracte. Mais rien ne vient. Si. Elle a vu comme un trait d'argent fendre la nuit, évidemment trop lent pour qu'il puisse s'agir d'une balle, où alors elle est passée dans un film qui se déroule au ralenti. Le trait d'argent siffle un peu, il y a un « klang » sur la carrosserie.

– Qu'est-ce que c'est ? s'écrie Fonbeurre qui tient à sa carrosserie toute neuve.

– Rien. Roule !

Fonbeurre jette un cou d'œil dans le rétroviseur, voit deux silhouettes qui gesticulent. Il est trop loin, il a une vague impression familière, pas suffisante pour une identification, mais comme il sait que les deux sbires sont dans les parages, il complète son information visuelle. Il se tourne vers la couguar, un peu pâle.

– C'est eux ? Ils te poursuivent ?

– Roule !

– J'ai des choses à te dire, chérie. Il faut qu'on discute.

– Je t'écoute.

Mais Fonbeurre n'est pas d'humeur à parler au volant. Il dit simplement.

– Bon Dieu, où va-t-on comme ça ?

– Ne t'éloigne pas trop. Fais un grand cercle. Il va falloir revenir à l'hôtel j'y ai toutes mes affaires.

Elle se garde de préciser qu'à l'hôtel l'attend le numéro de téléphone d'un as de la police.

– Tes affaires on s'en fout !

Depuis quelques secondes, Fonbeurre ne lâche plus le rétroviseur. Des phares lointains y dansent et grignotent la distance qui les sépare de sa caisse.

D'abord il accélère. Il aime bien savoir ce que sa Camaro a dans le ventre. Il ricane même.

– Si ces tordus croient me rattraper avec leur chignole, je vais leur montrer ce que c'est que conduire.

Mais un moment plus tard, il lève le pied. C'est qu'il commence à réfléchir. Le Velu, pas question de se le mettre à dos. L'industriel s'engueule intérieurement. Qu'est-ce qu'il lui a pris à la Villa Asia 6 avec sa foutue crise de conscience, son accès d'altruisme à la con ? La couguar il s'en fout. Elle risque tout au plus un bon tabassage, une remise au pas, c'est ce à quoi s'exposent toutes ces filles. Les risques du métier. Lui il a son fric à protéger, et les traites de sa villa dans le Sud qui tombent régulièrement et qui sont pas piquées des vers.

Alors, doucement il continue de lever le pied. Eva, qui guette par la lunette arrière les phares qui trouent la nuit, voit leur diamètre s'agrandir assez rapidement.

– Mais qu'est-ce que tu fous ? Tu ne vas pas me dire qu'avec cette bombe prétentieuse tu ne peux pas les semer ?

– Désolé, Eva, fait froidement l'industriel, mais je pense que le mieux est de tous nous expliquer. Tu as le truc sur toi ?

– Quel truc ?

– Ne fais pas la conne ! Le film !

– Il est à l'hôtel.

– Alors tu avais raison de vouloir y retourner.

– Je rêve ou tu continues de ralentir ?

– Tu ne rêves pas, petite.

Il sent une pointe piquer son cou.

– Que fais-tu bordel ?

– Ce sont mes ciseaux. Je vais les enfoncer dans ta nuque au fur et à mesure que tu ralentiras. Je diminuerai la pression au fur et à mesure que tu accéléreras. Tu vois, on a toujours le choix, c'est ce qu'on appelle la liberté.

– Sale garce.

– Pas bien épais, le vernis de ton éducation.

On ne l'appelle pas la couguar pour rien, Fonbeurre le sait. Il sait que ce n'est pas du bluff.

Cette fille est prête à tout dans la situation où elle se trouve. Il accélère. Il faut endormir sa méfiance. Il monte jusqu'à cent trente, puis freine brutalement, il sait que la voiture restera en ligne. En même temps, il frappe le bras d'Eva. Les ciseaux tombent quelque part sur le plancher de la voiture. Eva lui plante ses ongles dans la joue droite et griffe. Sévèrement. Fonbeurre hurle tout ce qu'il sait, freine, donne un coup de volant à droite. La voiture s'arrête sur le bas-côté. Ils sont au cœur de la forêt sainte. L'industriel a pris la précaution d'arracher les clés de contact, ouvre sa portière et se laisse tomber sur le macadam. Il gagne le côté droit de la voiture, sur l'herbe, ouvre la portière passager et saisissant Eva par le bras, la tire violemment hors du véhicule. Elle tombe dans l'herbe fraîche, écumante. À vrai dire, Fonbeurre ne sait pas trop comment s'en débrouiller. C'est comme s'il avait en face de lui… mais pourquoi chercher une image… une couguar justement, toutes griffes dehors.

La jeune femme se relève, prête à en découdre… mais la scène est brusquement illuminée, comme placée sous les projecteurs d'une scène de théâtre. Il y a des crissements de freins. Le Velu et Fischerman sont là, massifs, menaçants. Le tableau ressemble à une allégorie : une amazone sublime qui se relève, bas déchirés, visage barbouillé de boue ; un homme veule et lâche. Et deux truands méchants qui, même dans une situation aussi tendue, ont le temps de trouver la couguar bandante comme la déesse du vice.

C'est le Velu qui ouvre le débat.

– Je crois que le moment des explications est venu. D'abord, qu'est-ce que tu fous ici, Fonbeurre ? Oh là, poulette ! Je ne te conseille pas…

La poulette en question a fait mine de s'éloigner mais elle s'est arrêtée aussitôt. Le revolver qu'elle a déjà vu il y a quelques minutes – bon sang, on dirait que des siècles ont eu le temps de passer – est braqué sur elle. Fischerman n'est pas en reste. Lui, sortir son couteau de lancer suffit à son bonheur. Il joue avec, passe son doigt sur les lames, notamment sur la plus longue des quatre.

– Je t'ai posé une question.

– Écoute, le Velu : j'ai eu tort de ne pas vous accompagner. Je suis allé me… distraire et puis je me suis dit que si vous aviez besoin d'aide…

Le rire du Velu résonna dans la forêt alentour.

– Ta conception de l'aide, c'est quelque chose ! Tu recueilles mademoiselle, tu la soustrais à nos griffes et tu te carapates ??

– Elle me menaçait…

À l'instant où il prononce ces mots, Fonbeurre a une conscience si aiguë de son inconsistance qu'il décide de ne plus parler. Seule façon de sauver le peu de dignité qui lui reste.

Le Velu voit son visage se fermer et comprend.

– On règlera ça plus tard, Fonbeurre. Pour l'instant on n'a plus besoin de toi. Tu retournes à Baden et tu m'y attends, tu vas à Strasbourg ou au diable, peu importe. Nous avons à faire, mademoiselle et moi.

Fonbeurre ne bouge pas. Il veut savoir comment se termine l'histoire. Qu'il soit prêt à intervenir en cas de violence, ce serait beaucoup dire, mais il reste. Le Velu s'est tourné vers Eva et tend la main gauche, la droite tenant toujours le lourd Anaconda.

– Le film !

– Il est dans ma chambre d'hôtel.

Le Velu soupira.

– Eh bien, allons-y !

Personne ne voit venir le coup : Eva est rapidement passée derrière Fonbeurre et le bouscule de toutes ses forces. L'industriel bascule en avant sur le Velu qui presse la détente de son arme. La sécurité est mise, le coup ne part pas, mais l'histoire déstabilise le mac, qui tombe sur Fischerman. Fischerman qui n'a pas lâché son couteau de lancer, le sent pénétrer d'un ou deux centimètres dans le dos velu de son patron avant de se laisser tomber à son tour, histoire de ne pas piquer définitivement la bête à poils.

Eva est déjà loin, s'approche de la lisière. Elle va disparaître dans l'obscurité dans quelques secondes. Le Velu lève son Colt et vise soigneusement : un coup difficile. Il ne veut pas la tuer, simplement l'estropier. Qu'elle trébuche, qu'elle tombe, et ça suffira.

Il tire. La silhouette est mouvante dans sa course, il ne sait pas trop où il l'a touchée, peut-être à l'épaule car il la voit pirouetter sur elle-même et s'écrouler juste au bord de la forêt. Elle gémit. Elle n'est pas morte.

Depuis le début de cette soirée, le hasard, ou le destin, au fond c'est la même chose, continue de s'amuser, tissant une toile de plus en plus serrée, de plus en plus concentrée. Tous les protagonistes de cette histoire, sauf Daniel Bouquet qui croupit dans une cellule de commissariat pour la deuxième nuit et Julie Salz qui a sans doute quitté l'hôpital, sont maintenant face à face, dans la forêt sainte, à deux pas de Notre-Dame de Marienthal, priez pour eux, priez pour elles…

Pour la deuxième fois en effet, des phares illuminent la scène. Ceux de la voiture que conduit Boris. Ils ont vu un éclair là-bas, à gauche, sur le bord de la route, suivi d'un gros bruit. Un coup de feu bien sûr. La voiture de police dérape, gémit, ferraille, ça n'est pas une Camaro, et finit par s'arrêter quelques mètres avant le lieu des événements. Brichot et Géraldine ont ouvert les portières et se sont coulés dehors, dans le fossé, mais Boris est du mauvais côté. Il hésite. Il ignore encore ce qui se passe, qui sont ces zèbres qu'il distingue debout près de deux voitures. Mais prudence ! Il ne bouge pas, s'accroupit et laisse faire ses collègues.

Brichot a dégainé son Sig Sauer, débloqué la sécurité. Il fait les sommations d'usage :

– Police, que personne ne bouge. Bras en l'air.

La plupart du temps, une telle annonce décourage

bien des ardeurs. Pas de chance. Pour toute réponse, l'Anaconda rugit pour la deuxième fois. Boris rampe vers la portière de droite. Il veut sortir du piège. Au bruit, la puissance de feu est telle que la tôle des portières ne résistera certainement pas.

Les trois policiers se dispersent en courant accroupis dans le fossé. Ils souhaiteraient plus d'obscurité mais on fait avec ce qu'on a. Et maintenant, tout le monde est couché dans l'herbe, immobile, de part et d'autre de la route.

Une voiture arrive, ralentit, s'arrête. Un vieux couple à l'intérieur. Inconscient, mais comment sauraient-ils ? L'homme s'apprêterait-il à descendre, pour voir ? Un téméraire peut-être. Pas question de le laisser jouer les otages. La situation est déjà assez compliquée. Au risque de se faire tirer dessus, mais la voiture des intrus fait un peu écran, Boris se montre, arbore un visage menaçant et braque son pistolet. Le vieux cale, tout blanc, s'y reprend à trois fois. « Il ne va tout de même pas nous faire une crise cardiaque ! » La voiture démarre en dérapant, aussi apeurée que ses occupants. Sûr que dans quelques minutes la maréchaussée sera prévenue.

Soudain, les trois flics voient se dresser une silhouette. Personne ne réagit. Fonbeurre, car c'est lui, s'avance vers sa Camaro. Il en a marre. Il est dans cet état où tout lui est égal. Il crispe bien un peu les épaules, s'attendant à un coup de feu, mais rien ne vient. Ça doit être la stupéfaction générale qui le protège. Le culot paie toujours.

L'industriel s'avance vers sa voiture, y pénètre, claque la portière, met le contact. On entend rugir le moteur V8. Le cabriolet quitte l'herbe, les pneus mordent le macadam. Les feux arrière rougeoient et commencent à s'éloigner. Un coup de feu. C'est le Colt. Le pare-brise arrière vole en éclats et brusquement la Camaro fait un bond en avant, accélère tout ce qu'elle peut, on entend au moteur les changements de vitesse de la boîte automatique. C'est une fusée qui sort bientôt de la route et vient s'écraser contre la ligne des arbres. Peu après, le réservoir explose, les flammes commencent à lécher la carrosserie.

Pour le coup, la scène est éclairée a giorno.

Dans son fossé, Boris enrage. Un gâchis, un épouvantable gâchis. Ils n'ont rien pu faire. Il pousse un léger sifflement. Les trois flics se rapprochent.

– Couvrez-moi, souffle Boris.

Arme au poing, il se lève et court en zig-zag vers l'autre côté de la route. Il a l'impression d'être nu. Ses deux collègues, planqués dans le fossé, la tête au ras du sol, arrosent l'ennemi d'un feu nourri. Leurs deux chargeurs y passent. Boris est de l'autre côté. Il s'est jeté à plat ventre et regarde le champ de bataille, beaucoup plus lisible depuis que la Camaro s'en est allée pour brûler quelques dizaines de mètres plus loin. Ce qui le frappe alors, ce sont des hurlements d'un côté, des gémissements de l'autre. Les hurlements sont très brefs. Il sait d'où ils proviennent.

Le type a fini de rôtir dans sa bagnole. Quant aux gémissements, ils viennent de la lisière. Quelqu'un est blessé. Il distingue une silhouette qui se tient l'épaule. Une femme qui tente de se relever. Il hurle :

– Ne bougez pas ! Couchez-vous !

Cette fille est dingue. Encore heureux qu'elle n'ait pas ramassé une balle perdue tirée par Mémé ou Géraldine.

Il entend des murmures de voix, dont le sens lui échappe.

À quelques mètres du commandant de la BRP, dans le fossé, un conciliabule se tient, très bref.

– On se rend ! fait le Velu sobrement.

– T'es dingue, lui répond Fischerman, c'est trop tard. Tu as tué Fonbeurre et j'ai pas envie de faire de la tôle.

– Moi j'en ferai peut-être deux ou trois ans mais j'ai pas envie de tuer des flics. Tu sais ce que ça coûte ?

– T'es dingue ! se contente de répéter Fischerman qui le regarde d'un drôle d'air, suppliant, les mains en avant comme s'il voulait le toucher.

– Tu fais ce que tu veux, Fischerman. Nos routes se séparent ici.

Le Velu se lève et s'avance. Il tient son gros colt à bout de bras. Boris hurle à l'intention de ses deux collègues :

– Restez en couverture !

Pas la peine de dire, les deux sont des pros. Ils se

sont légèrement redressés, leur Sig Sauer braqué sur l'homme qui fait quelques pas puis lâche son arme.

Boris s'est relevé, son automatique braqué sur la poitrine du mac.

– Stop, ne bougez plus, les bras en l'air. Vous n'êtes pas seul. Dites à tous de se lever et de s'avancer.

– Fischerman ! crie le Velu. Puis à l'intention de Boris : nous ne sommes plus que deux.

Le dénommé Fischerman sort de son fossé et s'avance. Avec les flammes de la Camaro qui illuminent la scène, il voit distinctement le visage de l'homme. On dirait qu'il a les larmes aux yeux… Qu'est-ce que c'est que cette histoire ?

Fischerman ne paraît pas armé.

– J'ai dit « mains en l'air », Fischerman.

Boris le surveille attentivement. L'homme lève les mains. Quelque chose scintille dans l'une d'elles. Le bras se détend. De l'autre côté de la route, un coup de feu retentit. Fischerman vacille sur lui-même et tombe en avant, contre son patron qui s'écroule au sol à son tour. Hébété, l'homme de main fixe le couteau de lancer fiché dans le dos de son patron.

Boris l'entend gémir « non, non ». Fischerman arrache son couteau. Deuxième fois qu'il pique son patron. Mais là encore, quoique enfoncée plus profondément, la lame n'est pas la plus longue. Il fourre sa main sous la chemise, tâte pour estimer l'écoulement du sang. Ça ne doit pas être très grave. Mais tous ces poils, tous ces poils. Il fourrage. Puis il s'évanouit. Lui perd du sang. La balle de Géraldine lui a déchiré l'abdomen.

Boris fait un signe à ses deux collègues qui traversent la route.

– Menottes pour tout le monde, vite ! Ras le bol de ce bordel ! Géraldine, va à la voiture et appelle renforts et ambulances par radio.

Il entend un glissement derrière lui. C'est la femme qui a rampé depuis la lisière et qui essaie de se relever. Elle se tient l'épaule. Sa poitrine est couverte de sang.

– Mémé, aide-moi. Il faut examiner toutes les blessures, estimer leur gravité.

Le Velu n'a pas grand-chose. Il s'est assis, appuyé contre une roue de sa voiture, le visage fermé, silencieux. Fischerman a une sale blessure douloureuse qui pisse le sang. Mémé est en train de lui arracher sa chemise et d'en faire une compresse qu'il appuie fortement sur la blessure.

Boris se tourne vers la fille. Elle est belle, dure dans la douleur. Boris s'agenouille et ils ont la même intuition, leurs paroles se croisent :

– Vous êtes Eva Lutin.

– Vous êtes le commandant Corentin.

Ce sont des affirmations. Le destin a bouclé sa boucle. Aux hommes de continuer leur tâche.

– On peut dire que vous nous avez fait courir, mademoiselle ! Je vous avais prévenue. Vous risquiez votre vie.

– J’aurais dû vous appeler plus tôt.

Sa voix est faible mais nette.

– Le temps de Robin des Bois est passé, mademoiselle… ou faut-il que je vous appelle la couguar. Vous êtes capable de parler ?

– Jusqu’à ce que je tombe dans les pommes, oui.

– Les secours ne vont pas tarder. Une affaire de quelques minutes maintenant. Je vous écoute.

Eva raconte. En formules concises. Boris peut se faire un tableau à peu près complet de la situation. Au bout d’un récit qui la laisse haletante, Boris lui pose encore une question :

– Le film… Qu’est-ce qu’il y a donc dedans ?

– Vous l’apprendrez bientôt.

– Que voulez-vous dire ? Il est dans votre chambre de Haguenau ?

Elle sourit, le visage exsangue.

– Il est dans ma chambre. Mais vous pourrez aussi bien en voir les images au 20 heures de demain. Ou… elle balbutiait… après-demain.

– Vous l’avez envoyé à la presse. Ne me dites pas que…

Elle ne dirait provisoirement plus rien. Elle venait de glisser de ses bras et de s’évanouir.

Boris alla chercher une couverture dans la voiture et la roula dedans avec précaution.

Un bruit incongru retentissait. Une sonnerie de téléphone mobile, qui semblait sortir de l’herbe humide. Boris vit le Velu tenter de se relever. Il avait dû perdre son appareil dans sa chute et reconnaît la sonnerie. Géraldine qui le surveillait l'empêcha de continuer son mouvement.

– Réponds, Boris, ça peut être intéressant.

Corentin retrouve le téléphone. L'écran affichait « numéro masqué ». Il prend l'appel.

– Allô…

Il a pris un ton un peu brusque, un peu rauque, pressé, comme il imaginait que pouvait parler le type que surveillait Brichot.

– Où en êtes-vous ? Dix minutes que je cherche à joindre Fonbeurre. Passez-le-moi.

– Il n'est pas là. L'affaire se complique.

On ne répondit pas. Puis il y eut un déclic. La communication était coupée.

– Eh, Boris ! fit Géraldine. On dirait que tu as vu la Vierge Marie. Je sais bien qu'elle n'est pas loin mais…

– Chut ! Tais-toi. Taisez-vous !

Boris a fermé les yeux. Cette voix bon sang… Cette voix… Il était certain de la connaître.

Il resta figé quelques minutes dans une immobilité de statue puis renonça, essayant pourtant de mémoriser les impressions afférentes… Cette voix… les circonstances dans lesquelles il l'avait entendue… Circonstances professionnelles… Il secoua la tête et s'approcha du Velu en lui montrant le téléphone.

– Vous attendiez un appel ?

Le Velu sourit, désabusé.

– Ça doit être Ixe qui vient aux nouvelles le pauvre. Il va être bien déçu et en perdre le manche de balai qu'il a dû avaler il y a bien longtemps.

– Qui est Ixe ?

– Si vous trouvez, je vous tirerai mon chapeau, tout flic que vous soyez.

– C'est lui le donneur d'ordre ? Le commanditaire de toute l'affaire ?

– Bien sûr. Il en faut toujours un. Comme vous ne le trouverez pas et que j'ignore tout de ce personnage, je ne risque rien. C'est le grand avantage du cloisonnement. Si je connaissais la tête du patron, voyez-vous, je ne donnerais pas cher de ma peau !

On entendit les sirènes des ambulances. Elles stoppèrent au milieu de la route et la scène continua d'être éclairée par les gyrophares. Une vraie fête de la lumière, ce soir, dans les bois sacrés de Marie.

Un ambulancier descendit et s'approcha de Corentin en désignant la Camaro en flammes.

– Quelqu'un là-dedans ?

– Je crois que ça peut attendre, fit Boris. Occupez-vous plutôt de mademoiselle dans sa couverture. Blessure à l'épaule, elle perd du sang. Et de ce type dont s'occupe mon collègue. Blessure au ventre.

Les autres infirmiers étaient descendus. Tandis qu'ils travaillaient, on entendit d'autres sirènes mugir.

– Ça c'est les collègues, fit Brichot.

Une nuée de voitures s'arrêta bientôt devant eux en

un ballet de crissements, les sirènes furent coupées, seuls les gyrophares envoyaient leurs rayons bleus alentour. D'une des voitures sortirent Meckert et Schirweiller, le chef du SRPJ.

– On m'avait dit qu'où vous passiez, les truands trépassaient… Je dois dire que vous êtes un personnage décoiffant.

Le divisionnaire souriait un peu jaune en lâchant son bon mot. Puis il désigna les blessés.

– Deux… trois… Y a-t-il eu blessure par balle ?

Boris désigna Fischerman qu'on emportait sur une civière.

– Blessure au ventre.

– Qui a tiré ?

Boris désigna Géraldine.

– Le lieutenant Hébert. Légitime défense.

Meckert hocha la tête.

– Je n'en doute pas, mais vous savez qu'il y aura une enquête. Lieutenant, fit-il à l'adresse de Géraldine en désignant un homme qui s'approchait, corpulent, les cheveux en brosse, je vous présente notre expert en balistique, Georges Miterer. Veuillez lui montrer votre position et celle de la cible au moment du tir. Vous lui confierez également votre arme.

Un moment passa. Géraldine revint près de Boris, soucieuse.

– Pas de souci, Petit Bonhomme. C'est la procédure habituelle.

Elle songeait qu'elle avait tiré un peu vite mais

resta coite.

– Je crois, fit Schirweiller, que nos troupes sont suffisamment nombreuses pour assumer la suite des opérations. Meckert, je suggère que nous retournions à Strasbourg et que nous nous retrouvions tous les cinq dans votre bureau. Un débriefing s'impose et je crois que nous ne sommes pas près de nous coucher.

– En parlant de se coucher, fit Boris, il faut absolument repasser par Haguenau. La jeune femme blessée y a une chambre, à l'hôtel Ermitage. Parmi les affaires à récupérer, il y a la copie d'une clé USB. Elle contient un film qui semble bien avoir été un objet de convoitise lourd de conséquences.

– Vous voulez dire que tout ce micmac ici, c'est à cause de lui ?

– Je le pense.

– Alors, allons-y.

Epilogue

Deux jours étaient passés. Le trio de la BRP reprenait le train pour Paris le lendemain matin. En attendant, ils avaient décidé de faire leur dernier dîner à Strasbourg à la Brasserie La Victoire, dont le souvenir ne s'était pas effacé.

Après un épais velouté de légumes en guise d'entrée, ils avaient choisi le baeckeoffe.

Même dans ce lieu calme qui semblait à l'abri des bruits du monde, les conversations à voix basse portaient sur le dénouement de l'affaire. Chacun y allait de son commentaire. Mais ce qui frappait le plus l'opinion, en attendant les inévitables développements de l'enquête, c'était deux choses : l'absence totale de Gisèle Bouquet, la femme du député, qui avait quitté le domicile conjugal et demeurait introuvable. Et puis le film que Libération avait reçu et proposé à une grande chaîne de télévision nationale. Il s'élevait déjà des voix pour protester, dénoncer la parfaite illégalité de cette diffusion. La chaîne en avait pris le risque, elle l'assumait, et de ce côté-là, la bataille des arguments juridiques ne faisait que commencer. L'audience avait explosé, car la chaîne avait pris le soin de diffuser le film en ouverture en annonçant qu'une deuxième diffusion était programmée en fin de journal. Ce n'était pas seulement l'audience qui avait atteint des records inégalés, c'était les opérateurs de téléphones mobiles qui avaient encaissé les milliers de coups de téléphone et de textos envoyés pendant les trois quarts d'heure qu'avait duré le Journal pour prévenir famille, amis et copains de regarder, regarder l'incroyable, le drôle, le désopilant, le coup de Jarnac…

Réunis autour du baeckeoffe, les trois policiers se souvenaient de leur stupéfaction quand eux-mêmes avaient visionné le film dans le bureau du divisionnaire Meckert.

Ils avaient assisté à « l'agression » du député Daniel Bouquet, à la fellation de la jeune femme de chambre. Et puis venaient les images qui avaient soulevé une émotion nationale. Le député, après avoir joui, lâchait la nuque de la jeune femme, se retournait brusquement et s'éloignait, vers la caméra invisible nichée au plafond. Ce que la caméra continuait imperturbablement de filmer se révélait alors : on voyait Julie Salz cracher par terre, se relever rapidement, s'essuyer la bouche, puis sourire largement, d'un sourire formidablement joyeux et ironique, comme d'une bonne blague, lever la tête, fixer la caméra et brandir vers elle le bras dans un doigt d'honneur très réussi. À ce moment-là, comme le député amorçait le mouvement de se retourner, on voyait de manière saisissante Julie Salz se ratatiner, marcher péniblement en se voûtant et en adoptant un visage qu'on eût juré au bord des larmes.

– N'empêche, réfléchissait Géraldine en avalant une portion de bœuf, je me demanderai toujours où est la vérité.

– Que veux-tu dire, Petit Bonhomme ?

– D'accord, Daniel Bouquet a été immédiatement dédouané, quasi blanchi de toute accusation. Toute la presse s'est mise à loucher vers la droite politique, soupçonnant d'où venait le coup que Julie Salz a dénoncé si comiquement mais… On ne m'ôtera pas de l'idée que Bouquet n'était au courant de rien. Il l'a agressée, point barre.

– Que voulez-vous, Géraldine. Quand il a eu ces incroyables informations, en même temps que toute la France, il s'est dit que c'était sa chance. Bien raisonné d'ailleurs. Il a aussitôt affirmé haut et fort : je ne suis pas coupable. J'ai seulement joué le jeu, avec Julie Salz, pour prouver que mes ennemis de droite étaient capables de tout ! Et il a gagné, en tout cas sur ce tableau. Moi, j'ai une autre question : pourquoi ni Julie Salz ni Eva Lutin n'ont-elles parlé ? Elles seules savent si Daniel Bouquet, au moment des faits, était un agresseur sexuel ou un bon acteur de comédie.

Boris intervint.

– Mettez-vous à la place de ces deux filles. D'abord, je crois qu'elles s'aiment,vraiment. Les doigts dans les doigts, les yeux dans les yeux. Julie, c'est Eva, Eva, c'est Julie. Julie parle à Eva du complot dans lequel elle s'est engagée à jouer le rôle de la femme de chambre. Eva sait plus ou moins d'où vient le coup, même si, comme elle me l'a dit, elle n'est jamais parvenue à des preuves. Mais Eva est profondément de gauche. Elle déteste viscéralement la majorité au pouvoir et voit là une occasion inespérée de déboulonner la droite quand la droite veut déboulonner le PRU en la personne de Daniel Bouquet. Elle est en train de jouer l'Arroseur arrosé. Un gros morceau, qui finira par dépasser ses capacités mais bref. Elle fonce. La couguar est sortie de sa tanière, mord et griffe et ne lâchera plus prise.

» Leur coup de génie, quand elles apprennent que le Velu et Fonbeurre vont installer une caméra dans la chambre, c'est d'imaginer ce scénario dont les images font rire la France entière aux dépends de la droite. On devine dans ces quelques plans, du vrai cinéma ! , la jubilation de Julie Salz. La couguar lui offre là le rôle de sa vie. Alors je vous le demande : pourquoi iraient-elles raconter qu'en fait, le député de gauche avait réellement un comportement d'agresseur sexuel. Bien sûr que non ! Elles ont monté l'opération pour lui, elles se sont battues pour lui, ce n'est pas maintenant qu'elles vont le lâcher. Elles affirment donc qu'il était au courant depuis le début, qu'il s'est prêté au jeu. Emballé, c'est pesé !

– Mais toi, Boris… qu'est-ce que tu crois réellement ?

– Nous n'avons que les images et la réputation de Daniel Bouquet pour en juger. Sa réputation d'addict au sexe et le réalisme de son agression dans la chambre feraient penser qu'il est… coupable. S'il est innocent – c'est possible – alors, une nouvelle carrière de comédien s'offre à lui.

Ils avaient nettoyé le baeckeoffe et Géraldine, armée d'un morceau de pain, sauçait même le plat. Ils buvaient un magnum de rouge, un pinot noir d'Alsace de chez Binner, négociant à Ammerschwihr, servi dans une superbe bouteille très élancée.

– N'empêche, fit Géraldine. Nous n'aurons le fin mot de l'affaire, ni en ce qui concerne Bouquet, ni pour ce qui est du commanditaire.

– Le mystérieux Ixe ?

Le ton sur lequel Boris avait prononcé ce nom les fit relever la tête. Boris arborait également un sourire indéfinissable. Ils posèrent brutalement leurs couverts.

– Boris, fit Brichot. Tu nous caches quelque chose.

– Je suis obligé. Devoir de réserve.

– Arrête ton char. Nous sommes flics comme toi et nous savons tenir notre langue.

– Tu veux dire, proféra sourdement Géraldine, que tu as reconnu la voix de Ixe ?

Boris hocha la tête.

– Je l'ai reconnue.

– Accouche, fit Géraldine.

Boris hésitait. Le lendemain de la folle soirée en bordure de la forêt sainte, ça lui était revenu. Un flash. La lumière de l'évidence. Cette voix, elle appartenait à un type de chez eux. Un flic. Un flic très haut placé. Pas exactement un flic. Mais très haut placé, ça oui.

Il s'était isolé dans sa chambre du Grillon, avait appelé son patron, le commissaire Badolini qu'il avait déjà eu longuement au téléphone pour lui raconter l'enquête.

– Oui ?

La voix était si rauque et cassée que Boris se représenta comme s'il y était la tabagie de son bureau. Tiens, il n'oublierait pas de lui offre une cigarette électronique pour son prochain Noël.

– Commissaire. J'ai le nom de Ixe. Je suis sûr de mon fait. Mais bien sûr pas l'ombre d'une preuve.

– Qui est-ce, Boris ?

– J'ai eu l'occasion de le rencontrer… sous votre férule, patron. C'est vous qui me l'avez présenté.

– Bon sang, Boris, je n'ai pas que ça à faire !

Boris lâcha un nom. Il croyait voir Baba sursauter à l'autre bout du fil.

– Vous êtes sûr, commandant ?

– Certain !

Boris entendait craquer les rouages du cerveau de Baba.

– Le directeur de cabinet du ministre de l'Intérieur ? Vous ne vous trompez pas ?

– Non commissaire.

Boris connaissait la haine entre les deux hommes. Il entendit Baba prononcer suavement.

– Je transmettrai, commandant. Merci. Et pas un mot.

Toute cette conversation lui revenait alors qu'il voyait ses collègues suspendus à ses lèvres.

– Bon Dieu, Boris, qu'est-ce qu'il te faut encore ? Qu'on s'agenouille et qu'on te baise les pieds.

– Chers amis, le directeur de cabinet du ministre de l'Intérieur ne devrait pas faire une prestigieuse carrière. Quant au ministre… l'avenir nous le dira.

Géraldine sourit d'un air entendu.

– Ça vise haut ! Eh dis donc. Si… ça venait de plus haut encore ?

Boris haussa les épaules.

– Je ne pense pas qu'il se soit mouillé dans cette affaire. Mais tu sais, certains membres de son entourage sont si… acharnés. Jusqu'où peut mener le dévouement pour le chef ? Certainement jusqu'à agir à son insu pour sa plus grande gloire.

– Inutile d'épiloguer là-dessus. C'est comme pour Daniel Bouquet. Résignons-nous à ne jamais savoir.

Ils regagnèrent leur chambre strasbourgeoise du Grillon. Sur le palier, on se souhaita bonne nuit.

Géraldine eut un dernier mot.

– Vous savez ce que je vais dire aux amis ? Que j'ai passé trois jours au Crillon. Boris, fais pas cette tête. Entre un C et un G, avoue qu'on peut s'y tromper. Il n'y a de différence que la valeur d'un empattement.

Boris sourit et lança gentiment :

– Nous aurons profité de la bonne chère d'ici. Entre la Géraldine d'il y a quelques jours et celle de Strasbourg, il y aussi la différence d'un empattement.

Dans le silence de l'hôtel, on entendit une porte claquer jusqu'à ébranler tout le bâtiment.

Éditions
Sirius

Paris

Impression réalisée par

BRODARD & TAUPIN

à La Flèche (Sarthe), le 03-02-2012

VAUVENARGUES – 14, rue Léonce Reynaud - 75116 Paris
Tél : 01-40-70-95-57

– N° d'imp. : 67029 –
Dépôt légal : février 2012
Imprimé en France